Confessions de Chimères

© 2023, Laura Motin Grave
Édition : BoD - Books on Demand, info@bod.fr
Impression : BoD – Books on Demand,
In de Tarpen 42, Norderstedt (Allemagne)
Impression à la demande
Tous droits réservés.
ISBN : 978-2-3225-0005-5
Dépôt légal : Août 2023

Relecture : Morgane Henoussene

Illustration de couverture : Youth Artwork

Contact : lauramotingrave@gmail.com

Lauramotingrave.com

L. Motin Grave

Confessions de chimères

Nouvelles fantastiques

Sommaire

Un parasite flamboyant.. 7
Le feu et la glace 43
Le spleen du blaireau 67

Un parasite flamboyant

Les montagnes bleues, 1828

J'adore les montagnes. Figures majestueuses à l'apparence paisible, pourtant engendrées par de brûlants magmas... Elles me rassurent, m'étoffent. Comme le feraient des souvenirs d'enfance, probablement. J'aime encore être un volcan, parfois.

Celle-ci est assez ancienne, le dos rond, habillée de forêt pratiquement jusqu'à son sommet. Nous nous connaissons. Sous mes pieds, je sens le granit, dur et rugueux, le lichen, la tendresse fraîche de la mousse humide. La pente dévale devant moi, épousant en courbes douces les caprices des pierres et des ruisseaux, puis serpente et remonte vers les nuages, couverte de prairies jaunies par le soleil et d'arbres dévêtus. Les sapins parsèment les étendues fauve, rouges et grises de tâches d'un vert profond. Ce n'est pas encore complètement l'hiver.

Je goûte le vent avec cette petite bouche molle aux dents plates, cette peau fragile, ces poumons minuscules. On se sent bien nu, sans écailles, mais quel délice d'être percuté par les molécules de l'Originel, librement...

Je ne suis pas supposé me trouver là.

Quand cela se saura, car je ferai en sorte que cela se sache, j'aurai droit à des heures de remontrances cycloniques de la part de mes paires. J'en ricane d'avance... Aussi puissants que soient les autres Inexistants, je suis un dragon. Je n'ai que faire de leur colère. Je n'ai pas besoin d'être vivant, mourir ne signifie rien à mes yeux. Cela arrive, de temps en temps.

L'état gazeux offre d'innombrables nuances, mais tout est décomposé. Le minéral se montre riche, mais passif. La révolution des eucaryotes nous a ouvert tant de possibles... Nous sommes de piètres inventeurs, il faut l'admettre. Le génie perceptif de la vie nous a attirés, transformant les ondulations contemplatives en un délicieux ballet de décisions, façonnant des individualités. D'errances fongiques en guérillas végétales j'ai suivi les variations alambiquées, passionnantes et retorses qui gravitent autour de mon élément fétiche... Et puis, il y a les bêtes, si immédiates et fugaces, si modelées par leurs sens... elles en deviennent de véritables poèmes.

Il faut du temps pour acquérir une enveloppe stable, apprendre à agencer les ingrédients correctement, construire les bonnes cellules... tout ceci peut prendre des millénaires. Nous ne produisons pas cet effort au hasard. Les adopter nous limite aussi beaucoup, mais comment y renoncer ? Comme l'eau fait scintiller la lumière en arc-en-ciel, chaque forme offre un nouveau prisme à travers lequel découvrir les chatoiements du monde.

Je me suis nommé Carbon, en hommage au premier élément dont j'ai goûté la saveur, celui qui a donné une direction à ma curiosité. Il a fait de moi qui je suis.

Un parasite atomique particulièrement doué avec les incarnations biologiques et le feu.

Les Hommes nous ont représentés sous les traits de lézards géants dotés d'ailes, de serpents gigantesques, de fauves recouverts d'écailles... Il est vrai que nous sommes nombreux à apprécier ces corps reptiliens, confortables et efficaces, sensibles, mais calmes. Et remarquables.

C'est qu'ils ont parcouru le monde suffisamment longtemps pour que même les plus frileux d'entre nous tentent d'en imiter la constitution, au moins partiellement… Les dinosaures étaient beaucoup plus inspirants que les humains. Qui aurait parié sur ces primates à grande gueule, avec leur visage fantomatique et leur sexe géant ? Personne, voyons !

Et en un claquement de langue, ils ont tout changé…

Il m'a fallu près de mille ans, mais j'y suis enfin parvenu. Je me suis fabriqué un corps fragile de bipède. Le tabou ultime. Je l'ai fait par défi, mais je ne m'attendais pas à ce qui vient de se passer, en revanche… Mère Magie et Père Chaos ont toujours été délicieusement imprévisibles. À l'instant où j'ai eu modelé tous les éléments bruts de la bonne façon et limité mon influence à ces seules cellules… l'Outremonde m'a recraché.

Je me retrouve là, grelottant, à contempler l'Originel, pour la première fois depuis… depuis trop longtemps à mon goût. L'air a changé. Il s'était chargé de CO_2. Ce qu'il transporte ne vient ni des plantes qui m'entourent, assez semblables à celles que j'ai pu fréquenter, ni d'une éruption ou d'un incendie. Je sais reconnaître ces parfums, non, c'est autre chose. Une combustion massive de matière végétale dégradée, d'une pierre sombre que j'affectionne tout particulièrement…

Partout brûle du charbon.

Que fabriquent les Hommes, encore ? Je suis certain qu'il s'agit d'eux. Ils ont toujours aimé jouer avec le feu, en dépit de leur vulnérabilité. La stupéfaction fait place à la curiosité, peu à peu, accélérant le métabolisme que je viens de mettre en marche, faisant battre avec fougue le cœur que j'ai façonné. J'aspire un peu plus d'air, me laisse porter par cette soif.

Je me souviens et je découvre, simultanément. Comment avons-nous pu nous passer de ces sensations ? J'avais oublié à quel point les contraintes de ce monde le rendent riche et savoureux. Cela fait près de trois mille ans que nous avons déserté la Terre pour protéger la magie de l'humanité. Cette décision m'appartient, comme à tous les Inexistants, et je ne la regrette pas. Cependant, je ne peux souffrir de me figer dans ces limites. Les dragons n'ont pas besoin de l'Originel, nous n'avons plus le droit d'y pénétrer. Plus le droit, hein ? Le concept d'autorisation ne fait pas partie des inventions qui excitent mon intérêt. Je n'ai pas l'intention de briser mon serment, trop de vies en dépendent. Je me contente de contourner la règle. Oui, je relance le jeu.

Maintenant que je suis là, un sentiment d'euphorie m'envahit. Un sentiment d'euphorie et un pincement de peur. Tout ceci est si inattendu que je n'y crois pas vraiment. J'analyse le tiraillement qui naît dans mon for intérieur. Je ne veux pas que l'on m'enferme à nouveau. Ha ! Cela me stimule, lance un élan remarquable. Je dois m'adapter ! À cette enveloppe et à ses servitudes, à donner l'illusion parfaite, oui. Ne modifier que le strict minimum autour de moi, pour que les veilleurs ne puissent pas suivre ma trace. Ne pas même frôler le Voile qui dissimule les Alternatifs, ces êtres surnaturels engendrés par les Hommes, que nous n'avons pas pu emmener avec nous en Outremonde.

D'abord, je soigne mon apparence pour éviter d'attirer l'attention. J'ai créé un corps neutre, de taille et de corpulence moyennes, à la peau modérément foncée, et opté pour une teinte tout aussi peu tranchée pour mes yeux et ma pilosité, prudent. Sentant la texture abrasive de la pierre sous mes pieds, je leur ajoute de la corne, donne également à mes mains une usure confortable. En écoutant mon fonctionnement interne, je constate que ce ventre vide avait faim.

J'hésite.

La logique voudrait que je règle le problème simplement, en modifiant ma chimie, mais je risque d'être éjecté si je trafique trop la structure de ce vaisseau. Je décide plutôt de récolter l'eau et les nutriments au fil de mes déplacements. Il me suffit d'un contact pour transférer ce dont j'ai besoin, ou, à l'inverse, me délester du superflu. Je peux aussi utiliser mon système digestif selon ses prédispositions, si l'occasion se présente. Il est fonctionnel, même si je tâtonne encore.

En effet, je rencontre un autre désagrément : ma température corporelle sera bientôt trop basse pour maintenir une activité. Accélérer les mouvements de mes molécules est efficace, mais ce n'est pas à la portée du premier venu. Me confectionner des vêtements sera nécessaire. J'ajuste les détails au contact de modèles contemporains, mais, allons, je connais le principe ; il date d'avant notre départ.

En fait, l'invention du tissu par les humains m'a marqué, à l'époque. Cette manipulation de la matière n'était pas sans me rappeler mon existence d'assimilateur de structure. J'ai jalousé leur imagination, cette faculté à projeter *quoi* créer avant de l'avoir jamais *vu*. Faculté dont je suis absolument dépourvu. Je suis un imitateur, un amateur de combinaisons astucieuses que je m'emploie à reproduire. Enfin, je le croyais. Peut-être que cette expérience va m'ouvrir à de nouvelles perspectives…

Il n'y a qu'une seule façon de le savoir, non ?

Je me sens bien incapable de dessiner une garde-robe moi-même, néanmoins. Je m'en tiens à ce que je connais : une tunique, une paire de braies et des mocassins, le genre de fagotage passe-partout que la plupart des humains privilégient de par le monde, et qui devrait me permettre de circuler sans éveiller de soupçons. Je ramasse les fibres sur les végétaux qui m'entourent et les assemble juste un peu différemment. Je prends garde de ne léser aucune pousse trop sévèrement, minimisant mon impact, conscient de ma clandestinité.

Je marche lentement en posant la main sur les orties, les branches, les troncs, absorbant ce dont j'ai besoin, tressant au fur et à mesure, de mes épaules à mes pieds. Cette escapade inespérée est délicieuse ! Je voudrais qu'elle se prolonge. M'amuser à explorer ce qu'est devenue cette planète depuis que nous l'avons désertée.

De nombreuses créatures reprochent aux dragons d'être trop fiers. Je trouve cela ridicule. Nous sommes invulnérables, donc de nature confiante… Qu'y a-t-il de mal à cela ? Pour autant, cela me met dans une position délicate en un temps remarquablement court. J'ai manifestement présumé de ma capacité à me fondre dans la masse…

Où se situe le noyau de votre civilisation actuelle ?

Puis-je examiner vos outils ?

Êtes-vous personnellement à l'origine d'une « invention » ?

Je soumets des questions claires et simples aux humains que je croise, mais leurs réactions ne sont pas celles que j'espérais. Ils s'effrayent de mon apparence de « sauvage » et ne comprennent plus un mot de la Langue. Même après que j'ai apprivoisé leurs dialectes, certains m'attaquent, ce qui me contrarie beaucoup. Si je les tue ou me dévoile, je briserais mon serment et condamnerais les peuples d'Outremonde et l'homo sapiens à une guerre dont je ne veux pas.

Je me montre merveilleusement inventif et refroidis légèrement ce qui m'entoure, au point d'immobiliser leurs pensées, comme j'ai pu l'observer sur mon vaisseau quand j'étais nu. Cela paralyse les fâcheux et je peux m'esquiver pour réparer les dégâts qu'ils ont faits sur mon enveloppe.

Je commence à disposer de vocabulaire. Mes vêtements sont beaucoup plus détaillés qu'au début, d'étoffes diverses et agrémentées de boutons. Comme les Hommes, je me contente de récolter et d'assembler soigneusement. Je progresse à une vitesse fulgurante.

J'ai trouvé ce qui se nomme un bourg, un nid d'humains, une véritable manne de détournements de matières premières. Ils parviennent dorénavant à façonner le métal avec une certaine précision, canalisent le feu de bien des manières et semblent s'intéresser plus que jamais aux ressources du sous-sol. Certains objets particulièrement répandus en témoignent : ils transportent de petits foyers dans des « lampes », jouent de la fusion pour créer du « verre », assemblent des véhicules de plusieurs tonnes qu'ils propulsent au moyen de chaudières… Leur ingéniosité me stupéfie. Ils s'équipent désormais de tubes munis d'une poignée leur permettant d'envoyer, à l'aide d'une minuscule explosion, des projectiles capables de perforer vêtements et corps, provoquant souvent des dégâts irréversibles. Ils les appellent poétiquement « armes à feu ».

Je suis admiratif, mais en y regardant de plus près, certaines réalisations demeurent confuses à mes yeux. Quels avantages tire-t-on d'un peigne en argent orné de perles plutôt qu'en bois ou en os… ? Les Hommes fournissent des efforts colossaux pour des utilisations indépendantes de tout besoin. Ils sont également si avides en ressources qu'ils n'hésitent pas à malmener les cycles naturels de renouvellement. La logique de ce comportement m'échappe encore.

En outre, bien que leurs infrastructures et l'aménagement de leurs lieux de vie se soient énormément développés, je note d'importantes différences d'état de santé entre les individus, dont certains consacrent leur existence entière à des tâches non substantielles. Comme chez certains insectes, les dirigeants sont élevés dans l'opulence alimentaire et on trouve en plus grand nombre des castes laborieuses, au devenir limité. Ce schéma social apparaît régulièrement dans les populations denses. Il ne faut cependant pas s'en contenter pour décrypter les comportements des humains…

Je connais déjà le concept d'argent et il m'ennuie, mais il semble être central dans la façon dont ces créatures interagissent en communauté. Peut-être est-ce une adaptation à leur explosion démographique ? De nombreuses tensions les agitent. Ils ont codifié leur apparence à outrance et ignorent pratiquement le langage corporel.

Toutes ces conventions ont raison de ma liberté de mouvement, car je me montre maladroit. Peut-être aurais-je dû convaincre un cheval de me porter pour me donner plus de prestance… Malgré mon « pantalon », mes « bottines » et mon « frac », parfaitement confectionnés, mon éloquence et les petites pépites d'or que j'ai glissées dans mes « poches », mon étrangeté attire l'attention d'un personnage vindicatif qui, je le comprends trop tard, sait que je ne suis pas normal.

Je sens de la magie sur deux des objets qu'il possède et cela éveille ma curiosité. Pourquoi diable les utilise-t-il contre moi quand je lui demande poliment si je peux les examiner ? J'ai pourtant respecté la courtoisie qu'exigent les porteurs de « haut-de-forme » et de « queue de pie »… La foudre que son fouet jette sur mes épaules me surprend. Je n'avais jamais encaissé de décharge électrique dans une enveloppe strictement biologique. C'est humiliant.

Quand je peux enfin reprendre le contrôle de mes cellules, il y a de gros dégâts. Je me démène pour maintenir la stabilité de mon corps, mais un gant de velours se pose sur ma nuque, réduisant ma combativité à néant. Il m'inonde de sécurité, de chaleur, d'indifférence pour mon propre sort. Je me presse pour le suivre dès qu'il s'éloigne. Son absence serait glaciale. Soumis et heureux de l'être. L'objet insidieux me noie dans la plénitude. Cela me rappelle l'époque où j'étais minéral.

Je garde assez de volonté pour me reconstituer, mais je ne peux rien faire contre celui qui me contraint à la passivité. Je suis hissé sur sa monture et emporté aussi facilement qu'une bête morte dans les hauteurs reculées de la montagne. Loin des habitations relatives à son rang social, l'humain au chapeau nous mène dans un campement de fortune, à l'entrée d'une grotte : une cabane douteuse, deux tentes et quelques chariots en bois, malmenés par les éléments et dont les roues métalliques s'enfoncent dans le sol boueux.

C'est donc ainsi que ces créatures se procurent le charbon dont elles font si commun usage…

Trois personnes se tassent sur un banc grossier, devant un feu sur lequel chauffe une gamelle d'eau. Leurs vêtements simples sont élimés et maculés de suie, ils ont les dents abîmées et des carences flagrantes. J'en déduis un niveau hiérarchique inférieur. Au-delà d'un stress préoccupant pour leur espérance de vie, leurs odeurs me confirment qu'il s'agit d'individus de la même famille, deux hommes adultes de générations différentes et une femme gravide.

À la façon dont ils nous regardent sans oser s'approcher, je comprends à quel point j'ai corrompu ma couverture. Cette famille craint le voyou pédant qui me retient captif et s'en remet complètement à lui, comme s'il était le détenteur d'un savoir absolu qui leur serait interdit. D'une façon ou d'une autre, mon ravisseur perçoit la magie. Par la Brume ! Ces humains détraquent le Voile et je me suis jeté sous leurs yeux. S'ils me percent à jour, je risque de porter un coup fatal aux frontières de l'Outremonde… J'opte pour la plus grande prudence et ne tente rien, même quand mon absence d'agressivité fait vaciller l'emprise du gant qui me paralyse de contentement. Je ne vais pas commettre deux fois l'erreur de me précipiter.

Je suis conduit dans la grotte, partiellement aménagée. Maladroitement creusée sans tenir compte des dynamiques souterraines, la voûte est soutenue à l'aide de poutres. Les barres d'acier supposées guider les chariots surgissent de la pénombre et s'interrompent de façon chaotique. Les courants d'air m'indiquent plusieurs couloirs naturels, dont certains donnent sur l'extérieur, et deux puits de faible profondeur.

Les vibrations sous nos pas me le confirment. Un éboulement condamne la dernière galerie.

La cavité dans laquelle nous nous trouvons sert principalement d'entrepôt, désormais. Les caisses de bois alignées le long de la paroi du fond contiennent de nombreux objets constitués de matières rares, délicatement ouvragés, et quelques denrées alimentaires. Près de l'entrée, des armes et des outils jetés pêle-mêle bordent un périmètre dégagé où le sol est brûlé et imbibé de sang.

Les trois subalternes nous ont suivis jusqu'ici, mais ils n'avancent pas plus, leurs lampes à huile brandies devant eux comme des boucliers. Ils ont les yeux rivés sur la cage démesurée qui occupe pratiquement toute la largeur de la caverne et ne laisse qu'un couloir vers le trésor. Le cachot était assez vaste pour s'étendre entièrement, mais il n'est pas assez haut pour se tenir debout. Je l'ai d'abord pris pour un ornement ou un genre de palissade décorative, avant de remarquer la boule de fourrure poisseuse qui se tasse à l'intérieur.

Le meneur me vole la redingote que j'ai si soigneusement reproduite ainsi que l'or, puis je suis parqué derrière les grilles. Je me montre accommodant, mais on ne trompe pas la magie sur ses véritables intentions. Alors que je suis enfin libéré du poids réconfortant du gant ensorcelé, le fouet se glisse jusqu'à ma gorge et me rappelle à l'ordre. L'homme au chapeau lui intime de veiller à ce que je ne sorte pas de la cellule, avant de poser le manche de cuir au sol. Il fouille dans une autre caisse et saisit une bouteille qu'il emporte dehors, ses trois comparses hébétés sur les talons. Je ne suis pas mécontent qu'ils décident de consommer de l'alcool. Cela fera baisser leur attention et leurs réflexes. Ils vont prendre le temps de s'alimenter, peut-être même de dormir.

La grotte n'est plus éclairée que par les quelques rayons de jour qui proviennent du couloir de l'entrée. Je dois profiter de cette intimité. Il y a forcément un moyen de me tirer de ce mauvais pas sans me rappeler en Outremonde…

Les barreaux qui m'entourent, composé à 92,5 % d'argent et 7,5 % de cuivre, ne sont pas très épais, mais le moindre mouvement vers eux déclenche l'orage. Après avoir expérimenté à nouveau de joyeuses convulsions, je m'assois et tâche de récolter des informations en évitant de me déplacer.

J'examine ce qui était enfermé avec moi. Cela ressemble assez à un loup à l'agonie. Il se tasse sous mon regard, les oreilles collées au crâne, les yeux clos. Son souffle, tenace, mais court, est encombré, brûlant de fièvre. Il n'en a plus pour très longtemps, à mon avis. Je goûte l'infection dans l'air, les cellules dégradées par… AG+.

Ce doit être un changeur : ils sont violemment allergiques à l'argent. Il serait assez facile de l'en débarrasser… Peut-être pourra-t-il m'apporter quelque réponse. En tant qu'Alternatif, il a besoin du Voile autant que moi, aussi je décide de l'interroger. Je tends le bras jusqu'à ce qu'il ne puisse plus reculer, recroquevillé, à peine capable de gronder. Ses gènes et son odeur : tout me confirme que c'est un garou. Je pose la main sur son dos agité de tremblements. Sa peau n'a repoussé que par endroit, laissant entre les touffes de poils gris de larges zones à vif.

— J'ai des questions.

J'obtiens un gémissement approximatif, mais ce n'est pas une surprise. J'ai perçu la réaction de ses synapses, à défaut de la décrypter. Je ne suis pas très pointu dans les arts électriques. Qu'importe, il est conscient et il me suffit de lui rendre ses lèvres pour qu'il parle. Je retire le métal toxique de son organisme, puis j'encourage ses cellules à exprimer leur second ADN pour les pousser à se réparer d'elles-mêmes… Soucieux de ma discrétion, je transfère l'argent dans les barreaux qui nous entourent et provoque la transformation en douceur, à la manière d'un virus.

Le lycanthrope tient bon. Peu à peu, il devient humain et ses blessures se referment. Je ne peux pas copier les dons surnaturels et je connais déjà le génome lupin, mais examiner un individu offre toujours d'agréables variations. Celui-ci est de sexe masculin et semble mêler toutes les origines géographiques. Même quand j'ai rétabli l'intégrité de son anatomie, ses cheveux noirs ne poussent en longueur que sur l'arête médiane de son crâne et il est plutôt décharné. La mutation de ses yeux, jaunes comme des boutons d'or, est originale.

Bon, maintenant, il possède une bouche.

— Explique-moi pourquoi ces humains agissent de la sorte et comment éviter que cela se reproduise. Je ne veux pas que le Voile s'agite en ma présence. Apprends-moi.

— Je... mfffff... gkah...

— C'est inintelligible.

— Perdu... Teuheu sang...

C'est comme s'il se noyait dans l'air. Il ne peut toujours pas parler et ses pensées sont aussi fuyantes que son pouls. Il m'agace un peu.

— Si ce n'est que ça !

J'absorbe par le sol les éléments nécessaires, attrape son poignet et transfère le mélange de mes veines aux siennes jusqu'à ce que son rythme cardiaque se stabilise. Il me fixe avec stupéfaction, mais ne proteste pas.

— Alors ?

— C'est incroyable…

— Passons, veux-tu. Parle-moi des humains.

— Ceux-ci sont des chasseurs. Ils nous traquent pour nous tuer, enfin, ça paraît évident !

— Comment peuvent-ils savoir ce que nous sommes ? Le Voile est supposé les rendre aveugles…

— Les souleveurs sont rares et presque tous hostiles, mais ils n'ont pas complètement disparu. D'où tu sors ?

— Peu importe. Tu dis qu'ils nous chassent, mais nous sommes en vie.

— Ouais… Solomon, leur chef, utilise ses victimes le plus longtemps possible. Il y avait un vampire avec moi, au début.

Décidément, les humains se comportent toujours avec créativité. Quel dommage que leur propension à détruire nous oppose aussi radicalement…

— Il utilise des Alternatifs ? De quelle façon ?

— Le sang du vampire lui permettait de se soigner, jusqu'à ce qu'il le vide complètement et l'abandonne au soleil. Il m'écorche vif depuis trois lunes, à cause d'un sortilège qui nécessite le scalp d'un garou pour se déguiser en loup à loisir.

Il s'en est servi pour ouvrir les yeux de cette famille de charbonniers et il ne compte pas s'arrêter là.

— Tout ceci agite le Voile et c'est très fâcheux. Comment fait-il ?

— Il les brise. Tu les as vus ? De vrais zombies… Il utilise le gant pour les soumettre, puis il organise des messes à la gloire d'un certain Satan, ne raconte que des conneries, mais glisse le véritable rituel entre les lignes et leur balance mes peaux sur le dos. Ceux qui ne perdent pas complètement la raison sont obligés de reconnaître qu'ils ont vécu quelque chose qui les dépasse… Alors il les recrute. Les autres sont laissés à leur sort et doivent bien emmerder les veilleurs, à mon avis. J'aime pas trop les voir, d'habitude, mais j'espérais un peu qu'ils se pointent…

— Je préférerais qu'ils ne viennent pas. Je ne souhaite pas qu'on me trouve. Sais-tu comment nous débarrasser de ces humains ?

— Je ne serais plus là, penses-tu ! Après, tout dépend de ce que toi, tu peux faire… Comment tu m'as transformé ? T'es pas un changeur et tu sens rien du tout !

— J'ai juste encouragé l'expression de tes gènes. Merci pour cette remarque, elle me sera utile.

Évidemment ! Il est si subtil de délimiter un organisme… Je ne dois pas tant solidariser mes particules, et émettre les marqueurs d'une biologie active. Je m'y emploie.

— C'est mieux ?

— Euh, oui… Je… Mais t'es quoi, au juste ?

Je ne résiste pas à l'envie de me faire mousser un peu. J'ai rarement pris le temps de converser avec un Alternatif, et je n'aurais pas grand mal à négocier la vie de celui-ci contre son silence, tout handicapé que je suis.

— Je suis ce que bon me semble. Je suis un dragon.

— Un Ine…

— Ne prononce pas ce maudit mot !

— Oh. Dissident ?

— N'exagérons rien. Je veux juste me dégourdir.

— M'est avis que c'est moyennement réglementaire, ton affaire, quand même.

— J'en conviens. Cela te dérange ?

— Pas vraiment, non. Tu m'as même débarrassé de l'argent, c'est fou… Qu'est-ce que tu fais dans une cage avec moi, d'ailleurs, si t'es capable de prouesses pareilles ?

— Je n'étais pas venu de ce côté depuis des milliers d'années, et jamais sous cette forme. Il me faut du temps pour appréhender tout ce qui a changé, m'adapter en conséquence. Ce corps est faible, mais je ne peux demeurer ici qu'à cette condition. Tes cellules sont fascinantes, mais elles ne m'apportent rien que je ne possède déjà.

— J'en suis navré… Ta petite auscultation a eu des effets secondaires formidables ! Pourquoi tu m'aides ?

— Je ne t'aide pas. J'ai réparé ce dont j'avais besoin pour que tu parles.

— Ouais, tu m'as guéri. Il vaudrait mieux que les chasseurs ne le remarquent pas tout de suite, d'ailleurs. L'argent des barreaux bride toujours mon pouvoir… Tu pourrais me rendre mon corps de loup avant qu'ils ne reviennent ?

— Je peux, mais je ne suis pas certain que cela m'avantage. Que veux-tu faire ?

— Tuer Solomon, récupérer mes peaux et me tirer loin d'ici avant que les veilleurs ne rappliquent à cause des déchirures du Voile que j'ai provoquées malgré moi.

— Pourquoi le tuer ?

— Parce que je ne veux pas qu'il recommence, tiens !

— Je préférerais que tu le laisses vivre. Je ne souhaite pas être associé à des meurtres d'humains.

— Solomon est un souleveur sadique, dangereux pour nos secrets et il n'est pas marqué par la Veille. Je suis en droit de le tuer.

— Si je t'aide à sortir, acceptes-tu de l'épargner et de partir ?

— Hein ? Euh… j'imagine que je peux essayer, mais je ne vois aucun moyen de lui fausser compagnie sans me battre. Je ne peux pas détruire les barreaux de cette cage, il va bien falloir que j'attende qu'il ouvre la porte.

— Oh. Si je la fais fondre, cela peut t'être utile ?

Sa stupéfaction devant mon ingéniosité me ravit.

— Évidemment !

Je ne sais pas à quel point je peux interférer avec l'environnement sans repartir d'où je viens… De nouveau, je sens le picotement de la peur. Je dois me montrer astucieux. Au vu de la température nécessaire, je n'agite pas les molécules moi-même, j'absorbe quelques miettes de chaleur dans les profondeurs et me contente de les déplacer.

Le lycanthrope regarde les barreaux dégouliner au sol avec un air aussi méfiant que fasciné.

— Je n'aimerais pas être ton ennemi…

— Les dragons n'ont pas d'ennemis, voyons. Nous ne pouvons pas mourir.

— Et les chasseurs alors ?

— Ils sont ennuyeux, admettons, mais il ne faut pas exagérer.

Quand un espace suffisant pour qu'il puisse sortir sans toucher le métal est dégagé, il y passe prudemment les doigts.

— Il n'y a plus d'argent pour conduire le courant, tu ne risques rien.

— Je préfère en avoir la certitude, hein.

Il prononce ces mots avec un sourire et se glisse souplement à l'extérieur dès que ses craintes sont écartées. Il avise ses peaux pendues au mur, mais ne les décroche pas. Très silencieux, il disparaît dans l'obscurité en se déplaçant sur les mains et les pieds, les genoux fléchis. Je suis un peu étonné de le voir réapparaître quelques minutes plus tard en sens inverse. Peut-être ne sent-il pas le léger souffle indiquant la seconde issue… Il fait le tour de la cage, guettant le moindre bruit en provenance de l'entrée principale. Je m'impatiente.

— Il y a une sortie, au fond.

— Oui, je sais.

— Pourquoi es-tu revenu ?

— Je ne vais quand même pas te laisser là…

— Et pourquoi donc ?

— Tu viens de me sauver la vie !

— Je t'empêche d'attirer l'attention des veilleurs sur moi, c'est tout.

— Ouais, peu importe.

— Que peux-tu y faire, de toute façon ?

— Je n'en sais encore rien. J'imagine que tu ne peux pas brûler ce fouet sinon tu l'aurais déjà fait… Si tu as une idée, c'est le moment.

— Si j'avais intérêt à te solliciter davantage, je l'aurais déjà fait aussi. Va-t'en !

Il ne m'écoute absolument pas et saisit le manche du fouet qui me retient, recevant sa part de foudre. Je note que la décharge est moins violente que lorsque je la déclenche moi-même. Frustré par mon manque d'attrait pour l'électricité, j'analyse tout de même la structure du sortilège employé. On ne peut plus classique, brouillonne et bornée.

Les objets enchantés développent une volonté propre issue de la combinaison de désirs et d'intentions qui leur a permis d'exister. Pour résumer, ils sont capricieux, ne fonctionnent pas avec tout le monde et n'obéissent jamais vraiment. Celui-ci rejette le lycanthrope, manifestement.

— Cesse donc de faire l'idiot, c'est pénible.

— Mmmpf... Il fallait essayer...

— Comment veux-tu qu'il t'écoute ? Tu le détestes et tu en as peur ! C'était couru d'avance... Respecte notre arrangement et déguerpis avant qu'ils ne reviennent.

Il souffle par le nez, mais se montre raisonnable.

— Je n'ai pas de solution. Tu tiens vraiment à ce que je te laisse là-dedans, hein ?

— Oui. Je veux que tu disparaisses, maintenant !

Comme si j'avais prononcé une formule magique, il se redresse et recule jusqu'au crochet auquel sont suspendues les fourrures qu'on lui a arrachées.

— Alors je serai le Fantôme Gris, pour toi. Ron Vieux Loup n'abandonne pas ses compagnons derrière lui.

— Je suis Carbon et je n'ai besoin que de ton silence, désormais.

— Ton secret ne risque rien. Je suis peut-être un paria, mais je suis loyal.

Il s'adresse à moi dans la Langue depuis le départ, aussi suis-je certain qu'il ne m'a jamais menti.

— Je l'entends. Allez, dégage !

Il roule les pelisses et les pose devant lui en s'accroupissant, passant fluidement d'humain à loup, puis il les saisit dans sa gueule et s'en va enfin vers le fond de la mine.

Ce problème résolu, je n'ai plus qu'à me débarrasser du fouet qui m'enserre la gorge. J'aurais pu facilement faire glisser une simple lanière de cuir à travers moi, mais la volonté de l'artefact s'y oppose farouchement. Je tente d'utiliser les fibres de mes vêtements pour isoler ma peau, mais il ne me laisse pas faire non plus et je me retrouve à nouveau figé par le courant. Peu importe. Solomon finira bien par en avoir besoin et me donner une occasion de le paralyser d'hypothermie…

J'attends, donc, avec la patience du crocodile de pierre que j'ai si souvent été. J'ajuste mon hydratation et mes nutriments avec ce que je trouve sous mes pieds puis je mets mon système au ralenti. Je peux demeurer immobile pendant un millénaire ou deux. Solomon sera un grain de poussière bien avant cela.

Je savoure la roche sous mes doigts depuis quelques heures à peine quand des pas et des échos de voix ricochent sur les parois. Mon visage traduit ma satisfaction par une contraction musculaire qui fait remonter la commissure de mes lèvres.

Tiens donc ! Je souris.

En découvrant la cage éventrée, le souleveur marque son mécontentement, poussant des cris et cognant dans les objets qui l'entourent. Ses sbires se collent aux murs, terrorisés. Je ne prête aucune attention à ses vociférations stériles. Seul m'intéresse l'instant où, pour dégager son arme des barreaux, il sera contraint de desserrer son étreinte sur mon cou.

— Qu'est-ce que tu es et comment mon loup s'est-il échappé ? Aucun changeur n'est jamais sorti de cette cage ! Réponds, démon !

Mon indifférence n'arrange pas son humeur. Avec son satané fouet, il oblige mon corps à s'arquer à nouveau, si longtemps que je dois puiser de l'oxygène autour de moi pour prendre la relève sur mes poumons et mon cœur, qui ne fonctionnent plus. Je réajuste mes niveaux dès qu'il cesse, répare les cellules endommagées à la hâte et me prépare à saisir la première occasion. Je sens les lanières grouiller contre mon épiderme, examine leur cheminement et peste. Elles se détressent. Aussi habiles que les tentacules d'un poulpe, les cordelettes se passent le relais à travers les tiges de métal pour me traîner lentement hors de la cage sans rompre le contact avec ma peau.

Ce fichu bout de cuir enchanté sait qu'il ne doit pas me lâcher. Il se délecte de son emprise sur ma puissance phénoménale, de la certitude que je ne peux pas m'en servir contre lui. Il veut me dompter. Une évidence m'apparaît soudain. Solomon est en train de devenir l'esclave de cet artefact. Aussi synchronisés soient-ils, les désirs épars et fluctuants du souleveur ne font pas le poids face à la brutalité des intentions de son arme.

Cela risque d'aggraver mon problème. La foudre du fouet était générée par la force de celui qu'elle frappe. Je n'ai aucun moyen de m'en prémunir et mon pouvoir joue contre moi. Il faut que je parvienne à convaincre cet humain de me relâcher. Son esprit dissolu peut-il encore être atteint ?

Quand j'ai récupéré assez de maîtrise sur mes organes pour utiliser mes cordes vocales, je tente de le raisonner.

— Je lui ai demandé de partir parce que ce que tu faisais avec lui allait attirer les autorités jusqu'ici. Je ne souhaite pas croiser leur chemin et il me semble que cela ne te serait pas profitable non plus.

— Tu l'as fait sortir, hein ? Comment ?

— J'ai fondu l'argent, comme tu le vois.

— Mais il me prend pour un abruti, ma parole !

Je ploie à nouveau sous la caresse de l'éclair, de plus en plus embarrassé. Mon enveloppe se tortille sur le sol abrasif, s'écorche, brise même ses os. Je n'irai pas jusqu'à dire que je perds mon sang-froid, mais cet humain m'irrite. Ma forme fragile nécessite toute mon attention pour conserver son intégrité. Quand le courant cesse enfin de me traverser, je tente le refroidissement de l'air qui a déjà fait ses preuves sur mes précédents agresseurs.

— Pas de ça !

Solomon me corrige une fois de plus. Ce qui aurait pu n'être qu'une vague démangeaison me handicape complètement. Cet état n'est pas tolérable. Je commence à avoir envie d'exploser, ce qui est à prendre au sens tout à fait littéral dans les pensées d'un dragon.

— Quel genre de monstre es-tu ? Parle !

— Du genre qui te dépasse, misérable.

J'appelle à moi tout l'oxygène environnant, apaisant le corps malmené qui me transporte et m'apprêtant à répliquer avec fureur. Le souleveur et ses larbins suffoquent, mais je jubile trop vite et la foudre me remet à terre avec autorité.

Les épaules de Solomon s'agitent, il pousse de petits cris rythmés tout en me traînant au sol par à-coup. Cette joie hystérique n'est pas d'un augure plaisant... Tandis qu'il me tire hors de la mine, j'abandonne l'idée de parlementer. Il vaut peut-être mieux négocier avec le fouet, en fin de compte. Je tente de désamorcer son agressivité en lui opposant ma certitude sereine qu'il ne peut pas vraiment m'atteindre. Me réduire en un tas de cendres n'est pas une menace capable de m'impressionner. Je lui ris au nez, moi aussi.

Je suis Carbon et tu es insignifiant.

Cela fonctionne : l'enthousiasme de l'artefact s'érode. En revanche, l'individu détestable qui le manie est toujours excessivement excité.

— Tu sais quoi ? Peu importe.

Il me balance une lourde pièce d'acier de sa main libre.

— Tu peux faire fondre cette pointerolle ?

— C'est exact.

— Fais-le !

— Non.

Pour qui se prend-il, celui-là ? Quelles que soient mes difficultés à stabiliser mon enveloppe, je ne vais pas me laisser asservir par un humain ! Sa prétention me fait fulminer. Je pourrais pu m'envoler jusqu'à ses poumons, sans le moindre effort, une élégante brise d'oxyde de carbone, et alors… je me retrouverais à mon point de départ et cela continue de me déplaire. Bien entendu, mon refus déchaîne la fureur de Solomon.

Je dois conserver mon intégrité coûte que coûte, mais les assauts incessants détruisent plus vite que je ne parviens à reconstituer. Tout arrive en même temps. L'acide lactique dans les muscles tétanisés privés d'oxygène, le cerveau qui ne répond plus, les chairs qui veulent brûler, mon inaptitude à absorber ce dont j'ai besoin pendant que le courant me traverse… Cette enveloppe ne tiendra plus longtemps et je n'ai aucun moyen de m'extraire de là sans outrepasser les limites et condamner l'Outremonde. Je vais être contraint de me replier.

Le vacarme cesse avec la brutalité d'un coup de feu. Mon corps continue de tressauter, hors de contrôle, cloué au sol. Il me faudra plusieurs minutes pour raccommoder toutes les lésions et pouvoir bouger à nouveau. Que s'est-il passé ? Solomon saigne et le courant s'est tu, mais c'est tout ce que je perçois jusqu'à ce que je parvienne à reconstituer mes tympans. Des hurlements désespérés qui semblent s'éloigner, bruit de chute, gargouillements. Je rabiboche les terminaisons nerveuses, et ma peau me confirme que plus rien n'enserre mon cou. Je récupère des yeux valides, me retourne sur le ventre et lève la tête en direction du son humide.

Le loup gris arrache de larges lambeaux des jambes du souleveur, dont la main gantée ne peut ralentir l'hémorragie de sa gorge qu'en lâchant le moignon de son autre bras, sectionné. Quand Solomon tombe inerte, le garou s'acharne sur son crâne jusqu'à le broyer. Il m'adresse un grondement sans équivoque en croisant mon regard. Je ne lui disputerai pas sa proie. Derrière lui, le membre orphelin tient toujours le fouet.

Maintenant qu'il n'a plus de monture, l'objet enchanté paraît triste. Je résiste à l'impulsion de le détruire. Il ne m'a causé du tort que parce que je bravais l'interdit. Il est déjà puni pour son arrogance. La carcasse dérisoire de sa marionnette craque comme des brindilles sous les crocs du lycanthrope.

Les acolytes involontaires du souleveur ont déguerpi en emportant le cheval. Ils finiront par perdre la mémoire ou la raison, mais ils risquent d'agiter la région un moment. Je récupère quelques matières premières sur l'équipement abandonné, me fabrique de nouveaux vêtements à partir de ceux que je trouve, consume soigneusement les restes de ceux que je portais pour cacher mon empreinte.

Quand l'Alternatif a terminé de manger, il adopte une physionomie hybride originale, conservant presque toute sa fourrure sur un corps pratiquement humain, bien que pourvu de griffes. Je lui reconnais un certain talent pour la métamorphose, d'un initié à un autre. En revanche, il a pris des libertés avec notre arrangement.

— Tu n'as pas respecté notre accord.

— Comment ça ? J'ai récupéré mes peaux et je suis parti sans me battre.

— J'en conviens, mais tu es revenu.

— Oui : j'avais faim.

— Tiens donc.

— Mon choix de dîner te déplaît ?

— Je n'irais pas jusque-là.

— Les veilleurs ne tarderont pas. Logiquement, ils devraient se concentrer sur ma piste, ils n'ont pas de raison de te chercher, mais ne traîne pas trop dans le coin.

— Qu'est-ce qui te fait croire que je les crains ?

— Tu n'as rien à faire là, pas vrai ?

Mon silence est éloquent, mais je ne trouve pas de meilleure réponse. L'étrange homme-loup a un sourire triste.

— Moi non plus, alors je file. Merci de ton aide.

— J'étais simplement curieux. Tu t'en es sorti tout seul.

— Hé, peut-être bien… Cela aurait été plus pénible sans toi, néanmoins, l'ami.

— Les dragons n'ont pas besoin d'amis.

— Je viens de t'excuser d'une conversation désagréable, il me semble…

— Ne sois pas insolent.

— Je me suis fait prendre aussi, va. Il n'y a pas de honte.

— Je vais te réduire en cendres si tu ne te tais pas !

— Susceptible, hein… Bon vent, Carbon.

Il fond dans son corps de loup efflanqué et disparaît en quelques bonds presque silencieux, me laissant libre, lourdement armé et propriétaire d'un trésor que je suis incapable de transporter sans extravagance. Des veilleurs sortiront bientôt de la Brume pour effacer les traces de ce qui s'est passé ici. Je pourrais m'arrêter là, me livrer en tant qu'homme accompli. Somme toute, c'est une fin d'aventure assez glorieuse pour porter ma légende.

Je pourrais, mais j'en ai vu si peu…

J'abandonne tout ce qui sent la magie, mais récupère quelques objets : un couteau, un de ces incroyables pistolets, le haut-de-forme et une sacoche de briques d'or, pratiquement pur. Cet élément provoque la fièvre des humains, mais je ne comprends toujours pas pourquoi ils sont prêts à tout saccager autour d'eux, à tuer et à mourir pour un caillou.

J'espère bien trouver la réponse avant de rentrer en Outremonde, dans un lieu où me dérouler pleinement ne déclenchera pas un cataclysme…

Sur une impulsion inspirée par mon allié éphémère, j'emporte une de ces merveilleuses lampes.

Je n'ai pas besoin de lumière, mais la compagnie du feu me manque et l'objet métallique tubulaire me plaît. Il est très rudimentaire : un réservoir d'huile dans lequel baigne une corde de coton, des suspensions et un couvercle qui évitent de se brûler, un crochet. Je suis surtout charmé par le tamis à mailles serrées qui enferme la mèche embrasée, confinant la combustion à l'intérieur pour qu'elle ne puisse exploser. Cela m'évoque le dragon déguisé que je suis.

Regarder la petite flamme timide danser au rythme de mes pas m'emplit d'un bonheur hypnotique. Elle est minuscule, comparée au brasier que nous pouvons devenir en frissonnant à peine. Sa présence à mes côtés me réchauffe, pourtant, moi qui ai souvent été une étoile.

Le feu et la glace

Pologne, 1947

Les veilleurs m'installent dans le salon de l'immense chalet, pied set points liés avec de lourdes chaînes à l'argent. À force, ils se méfient. Ils m'enfoncent dans un canapé au ras du sol, le plus bas possible. Le dandy arrogant prie son acolyte de ne pas me brusquer, récoltant pour toute réponse un bruit de pet aussi vulgaire qu'explicite. Le regard vert de gris du mage n'exprime aucun agacement, contrairement aux deux billes noires qui ornent la mine patibulaire du rouquin.

En réalité, pour un mi-gobelin, Marc n'est pas si vilain : il atteint presque le mètre soixante et, s'il est noueux, ses membres ne sont pas tordus comme ceux de ses paires au sang pur. Est-ce pour cela qu'il ne porte que des haillons ? Il prend un malin plaisir à s'enlaidir, manifestement.

Je ne suis pas à mon avantage non plus, mais je suis prisonnier, ça justifie un peu le laisser-aller. Ma chemise poisseuse est plus brune que blanche, rejoignant presque la teinte de mon pantalon, et je n'ai plus de chaussures depuis un bail. Pas que mes geôliers me les refusent : ils mettent un point d'honneur à me traiter « humainement » et je dois bien admettre que je ne leur facilite pas la tâche… En même temps, je veux me barrer, j'ai jamais fait de mystère. Ils prétendent m'aider, c'est bien gentil, mais non merci.

William me répète de me tenir tranquille, comme chaque fois qu'il essaie de me présenter à une nouvelle nounou. J'écoute pas vraiment, mais je suis à plat, de toute façon.

Trois ans qu'ils me trimballent de refuge en refuge, que je rends tous les garants dingues. Jamais assez pour qu'ils m'abattent, toujours trop pour qu'ils me gardent… Ils rappellent donc les deux gars qui m'ont déposé et je retourne croupir dans la cage que dissimule leur fourgonnette rouillée.

Ils ne peuvent pas se contenter de me laisser dépérir, à la fin ? Puisqu'ils refusent de me relâcher... J'ai mal au crâne à cause du métal toxique, mais pas assez pour recharger mes batteries de magie sombre. Privé de souffrances, l'Avide me grignote, inexorablement. Je n'ai fait que m'affaiblir depuis ma capture. Je pourrais me rebeller une fois encore, les provoquer jusqu'à ce que Marc me cogne de ses poings de pierre, mais à quoi bon ? Je ne gagnerais que quelques heures de répit inutiles.

Je suis foutu, je me suis fait une raison.

Je vais m'engourdir lentement et crever, sous les yeux curieux de ces deux types qui ne comprennent rien. Cela ne les aide pas que je ne réponde à aucune question, mais je ne vais pas leur donner la moindre chance de me percer à jour. Si je dois m'arrêter ici, soit. Ils n'ont pas à savoir pourquoi cela ne me dérange pas. Je préférerais finir autrement, c'est certain, mais qui ça intéresse ? On ne peut pas mentir aux veilleurs. Autant fermer ma gueule et emporter ma malédiction dans ma tombe.

Quand la lune pleine a réveillé le glouton avec lequel je partage mon malheur, ils m'ont observé, des heures durant, sans lever le petit doigt. Ils auraient dû me tuer, bordel ! Pourquoi me gardent-ils en vie ? Parce que je suis le dernier ? Le dernier changeur dont la bête soit un carcajou...

La belle affaire, hein.

Comme tous les esclaves de peinombres qu'on récupère vivant, je suis considéré comme une victime, par défaut. Je ne suis pas de cet avis, mais qu'importe. Ils constatent que la magie corrompue s'accroche à moi, imprègne mes os, bouillonne sans cesse. Les marques noires me zèbrent comme des coups de pinceau grossiers. Elles sont si nombreuses et si furieuses les unes contre les autres qu'elles changent régulièrement de place, se chassant les unes les autres sans parvenir à se figer. Ces magies antagonistes qui se battent sur ma peau témoignent des tentatives successives des sorciers pour m'asservir.

En vain, ma foi, mais cela a si peu d'importance, désormais...

Je suis là, enchaîné sur ces coussins moelleux comme un rôti, à peine capable de tenir debout. Le décor est chaleureux. Il me rappelle presque les maisons du village où j'ai grandi... Une bâtisse rectangulaire sur deux étages, tout de bois et de pierres, sans fioritures. Des couleurs fauves douces. Le clignotement de la lumière des flammes de la cheminée. Les parfums apaisants d'une cuisine qui sert quotidiennement, depuis des décennies.

Et puis, du givre.

À l'odeur, je sais qu'on m'a mené chez le garou avec qui j'ai explosé le labo des sorciers nazis, il y a trois ans. Qu'est-ce qu'on fout chez Sven ? Je croyais pourtant lui avoir fait comprendre que je ne méritais pas sa sollicitude… Je m'étais embarqué dans ce bourbier de mon plein gré, avec la ferme intention de faire un massacre. Ce qu'on a finalement réalisé ensemble, d'ailleurs. Dans mon élan, je m'en suis pris à lui aussi, mais ça ne l'a pas impressionné.

Ni même atteint, ce que je ne m'explique toujours pas.

Seul un peinombre peut contrer un peinombre… Pourtant, il a détourné l'Avide et m'a vaincu. J'aurais préféré qu'il m'achève, il a choisi de ne pas le faire. Le con. J'aurais pu avoir une fin digne, mais non. Il m'a soumis comme un chiot et livré aux autorités qui lui collaient aux basques. Les veilleurs m'ont jugé inapte à ma propre sécurité et contraint à la tutelle… mais personne ne veut de moi. Pas que ça me vexe, hein, j'y travaille dur. Il faut que je leur fausse compagnie ou qu'ils me finissent. Si ces fouille-merdes mettent le doigt sur mon petit secret, je suis bon pour pourrir dans l'enfer des geôles d'Outremonde jusqu'à ce qu'ils se lassent de me disséquer.

Les sorciers sont rarement transformés et ceux qui deviennent changeurs perdent leur faculté à manipuler la magie. En théorie. Mon expérience tend à prouver que, dans le cas de la magie corrompue, comme c'est souvent le cas, les choses ne sont pas aussi simples. J'ai déjoué le sort, bien malgré moi. Je ne voulais ni de ce don ni de l'autre. Je suis donc affublé des deux, esclave de ma propre noirceur, le caillou et la chaussure. Je suis désiré comme le fruit d'un inceste et j'en suis bien conscient.

Toute ma vie, on a essayé de me priver de mon droit d'exister. D'abord, parce que je suis métis, un fichu mélange de natif et d'envahisseur, abandonné à l'entrée de la réserve la plus proche par mes grands-parents après le suicide de ma mère. J'avais quatre ans. Je ne sais pas si je suis né d'un amour malheureux, d'un viol ou d'une cuite, ni même de quelle nation était mon père. Probablement Pikunis. Je comprends à peine quelques mots de Niitsipussin, de toute façon. On ne m'a pas laissé mourir, mais personne ne s'est embêté à m'éduquer et on me gardait à distance. Est-ce ce qui a fait de moi un buveur de peine ?

Peut-être.

La solitude m'a élevée comme une mère farouche, elle m'a appris à ouvrir les yeux et à fermer ma gueule.

Aujourd'hui, les veilleurs me ramènent auprès du dingue qui s'est rendu volontairement pour affronter les peinombres nazis… Sven ne porte pas de stigmates, mais il n'est pas plus clair que moi. Je ne suis même pas certain de comprendre ce qui fait qu'il est libre alors que je me retrouve enchaîné. Le jeune chef de Clan impressionne mes matons, pourtant. Ils acceptent d'examiner sa candidature en tant que garant, étant donné qu'il est désormais le seul à souhaiter m'accueillir. Tiens donc ? Et pourquoi voudrait-il faire une chose pareille ? Il est bien placé pour savoir que je ne suis pas fréquentable…

Il apporte des noisettes et de la bière de chiendent, quatre chopes en terre cuite. Je n'ai pas remarqué à quel point il est beau durant notre affrontement, mais cela me frappe plus durement que ses poings. Aussi blond que je suis brun, il a des yeux bleu pâle d'une intensité étonnante, un corps à se damner, souple malgré sa haute stature et sa puissance. Sa tunique et son pantalon de toile brute ne parviennent pas à le rendre anecdotique. Des images de notre combat me reviennent, que j'interprète soudain différemment.

J'essaie tant bien que mal de rester concentré sur la conversation. William émet des réserves sur la structure de la meute de la Lune Bleue, « encore une fois ». Sven n'est pas uni à la louve qui dirige à ses côtés. Ça, ce n'est pas commun, vu la rareté des femmes-louves…

Et merde.

La seule chose que m'ont léguée mes parents, c'est un physique qui met généralement d'accord les hommes comme les femmes. La puberté a révélé mes traits fins, ce visage qui refuse de choisir entre mes origines. Je suis trop carré d'épaule pour être androgyne, cependant. Je fascine et je rebute, avant même d'ouvrir la bouche. Peut-être que j'aurais appris à interagir avec la magie autrement si ça n'avait pas été le cas… Quoi qu'il en soit, j'ai l'habitude d'exciter la lubricité des hommes de pouvoir. Ouais, c'est juste comme d'habitude. En pire, peut-être. Ce gars est immunisé contre mes attaques.

Le garou ne laisse pas planer le doute et me regarde droit dans les yeux alors qu'il s'adresse supposément au veilleur.

— Je préfère les hommes, c'est pas nouveau et ça ne va pas changer. Masha et moi dirigeons la meute d'une seule voix, n'est-ce pas ce qui compte vraiment ?

— T'octroyer le statut de garant induit la validation de votre structure hiérarchique auprès de l'Ordre. Cela ne va pas plaire à tout le monde, tu t'en doutes…

— Qu'ils viennent, tiens ! Ils verront bien que ça marche… J'accueille déjà des éclopés de partout, on parle juste d'officialiser, en vérité.

— C'est à moi qu'ils demanderont des comptes. Si je dois justifier tes excentricités, j'ai besoin que tu m'accordes ta confiance.

— Tu l'as.

— Tu ne me dis pas tout.

— Et alors ? Je peux pas te mentir !

— De fait. Me permets-tu de t'interroger à nouveau ?

— Haaaa la. Elle radote pas un brin, votre conscience collective ? Mes réponses seront les mêmes que d'habitude !

_ Grand-mère doit en avoir le cœur net…

_ D'accord, on ne va pas la contrarier pour si peu. Fais-toi plaisir.

— Où est ton père ?

— Pffff. Je n'en sais rien…

— Comment as-tu vaincu Raquel ?

— J'ai eu beaucoup de chance et je l'ai tuée avant qu'elle ne scelle mon collier, tu sais déjà tout ça ! Je n'en raconterais pas plus, n'insiste pas, j'ai prêté serment. J'ai toujours été discret et j'ai contacté la Veille chaque fois que le Voile était menacé en ma présence. Je continuerai de le faire et de vous apporter mon aide autant que je le pourrais. Cela ne te suffit pas ?

— À moi, si. Grand-mère sait que tu dis la vérité. En revanche, la communauté lycanthrope risque de trouver la plaisanterie difficile à avaler… Ils n'auront pas le droit d'attaquer directement le refuge, mais tu vas te faire beaucoup d'ennemis.

— La belle affaire ! Je suis le fils du Fantôme Gris, j'ai une cible sur le front depuis que j'ai été mordu, et même avant ça, hein…

— Tu es sûr de toi alors ?

— Certain. Je veux assurer la protection des miens et secourir ceux qui peuvent l'être pendant qu'il est encore temps. Je ne souhaite pas poser de restriction sur les espèces que j'accueille, tous ceux dont la biologie est compatible avec notre climat sont les bienvenus.

— Acceptes-tu les contreparties que nous imposons ?

— Je ferais ce qui doit être fait, tant que j'ai le droit de choisir de les garder à mes côtés plutôt que de les exécuter.

— Tu envisages de prendre aussi des entravés ?

— S'ils s'intègrent, pourquoi pas ? En revanche, je refuse de le faire contre leur gré.

— Bon. Ça devrait rendre l'avenir… intéressant.

Les deux hommes se sourient et il semble que l'accord est conclu. Le lycanthrope me désigne en se grattant la tête.

— Comment on procède, exactement ?

— Nous allons contacter l'Ordre et mettre en place les barrières dès que ta première tutelle sera actée. C'est elle qui attestera de ton rang. Tout de même, tu pourrais commencer par un élément moins… coriace.

— William, ne tourne pas autour du pot comme ça. Pourquoi me l'amener si tu ne veux pas me le laisser ?

— Sans ton intervention, il est bon pour les geôles et je considérerais cela comme un échec, mais… nous ne sommes pas certains qu'il soit innocent.

— Personne n'est innocent, voyons.

— Si tu n'avais pas déjà réussi à le maîtriser, nous n'aurions pas cette conversation, aussi je te laisse essayer… mais méfie-toi de lui.

— Mouais. Il n'a pas l'air au mieux de sa forme. Si on commençait par lui retirer tout cet argent ?

— Pas tant qu'il n'est pas sous serment !

— Il restera s'il le souhaite, c'est ma condition et tu l'as acceptée. Pour ça, il faut qu'on puisse discuter, seul à seul. Et je ne discuterai pas avec un homme enchaîné.

— Là, tu exagères.

— Allons bon, il tient pas sur ses jambes et je l'ai déjà battu. Détends-toi !

— Une concession aux usages, c'est trop te demander ? Ce changeur ne maîtrise pas les séquelles de sa captivité, il est imprévisible !

— Personne ne réside à la Lune Bleue sous la contrainte, je ne ferai pas de compromis là-dessus.

— Il ne doit pas sortir d'ici.

— Soit.

— Il a essayé de s'enfuir de tous les refuges, en molestant les garants si nécessaire.

— Justement, on va régler ça tout de suite, ça m'évitera de courir. Enferme-nous dans une alcôve temporaire, si ça te rassure ! Tant que tu me promets de ne pas écouter aux portes...

— La dangerosité de ton aspirant me permet ce genre de mesure, mais n'en fait pas une habitude.

— C'est toi qui doutes.

Les veilleurs lui accordent un entretien en privé et je m'inquiète, distraitement. Je n'ai aucun moyen de me débiner, hein : pas la peine de m'exploser les artères. J'improviserai.

Après avoir disposé quatre cailloux délimitant l'espace qu'ils vont clore, Marc pose une main à l'extrémité de la chaîne et la fait glisser comme un serpent sur mes membres, gardant une boucle autour de ma gorge à mesure qu'il recule.

Hé, il commence à me connaître.

Malgré sa peau dure comme la pierre, je lui ai provoqué de belles suées pendant mes tentatives d'évasion. Je pensais qu'agresser un veilleur me vaudrait une exécution propre et nette. J'ai brutalisé le gobelin sans retenue, jusqu'à lui fissurer le crâne, prenant bien garde à laisser sa douleur se répandre sans l'aspirer pour ne pas me trahir… mais non. Alors qu'il allait m'embrocher sur les pointes d'argent dont il peut doter son corps, William est intervenu, me privant de ma sentence en quelques mots fatidiques.

Pas responsable de ses actes.

Depuis, je suis dans la merde. Les mages haïssent les peinombres. Nous sommes la lie des sorciers, grossiers et incontrôlables. Notre source nous ronge autant qu'elle nous renforce et notre énergie corrompue affecte les autres. Pour cela, nos victimes sont choyées, surtout lorsqu'elles ont subi une perte de volonté. S'il découvre mon vrai visage, William fera bien pire que de me tuer. Je le déteste et je le crains d'autant plus depuis qu'il prend ma défense.

Son sérieux contraste avec la décontraction du lycanthrope tandis qu'il lui donne ses instructions.

— Pour sortir, tu m'appelles. Mon nom est le seul mot qui m'atteindra. Nous n'entendrons et ne verrons rien, là-dedans, tant que tu ne l'auras pas prononcé. Ensuite… Tout dépendra de comment tourne le vent. Fais signe avant que les choses ne dégénèrent trop, je te prie.

— Soit pas défaitiste, ça va bien se passer.

— Avec toi, je m'attends à tout…

Les veilleurs s'écartent jusqu'à sortir du périmètre délimité par les pierres et je sens les derniers maillons glisser sur ma pomme d'Adam. La chaîne traîne son vacarme sur le parquet, puis tout devient flou et silencieux autour de Sven et moi.

Seuls.

L'idée me colle presque une érection, ce qui n'est pas très opportun. Je roule sur le ventre puis sur le côté pour me redresser, trop péniblement à mon goût, en gardant le lycanthrope à l'œil. Me tordre au ras du sol pourrait être humiliant, mais les gloutons n'ont pas de fierté. Je reste accroupi, un genou à terre, à moitié appuyé contre le canapé. La tête me tourne. Je ne gaspillerai pas mes dernières forces à me lever avant que cela ne soit nécessaire. On se méfie moins d'un adversaire réduit à ramper, au demeurant.

Le garou me laisse faire sans me presser.

— C'est mieux, nan ?

— Si tu le dis…

— Je suis heureux de te revoir, Kyle, mais les circonstances sont ennuyeuses, non ?

— Ha ! T'es heureux, hein ?

— Comment vas-tu ?

— À ton avis, enfoiré ?

— T'étais plus en forme la dernière fois, y'a pas à dire.

— Alors c'est ça qu'on va faire ? Papoter comme des vieux copains ?

Sven est un combattant aguerri, j'ai eu l'occasion de le constater. Je n'aurais le dessus qu'en me montrant sournois. Si je lui fais suffisamment mal, je récolterais peut-être assez de magie pour détruire la barrière des veilleurs et tracer ma route. Au pire, il s'emportera et me mettra en pièce… Dans les deux cas, j'y gagne.

Il faut juste qu'il se rapproche, encore un peu…

Je n'ai pas besoin de forcer beaucoup le trait pour paraître inoffensif. Mes articulations ripent comme des lames rouillées, mes muscles tétanisent au moindre effort et j'ai la sensation que l'air contient moins d'oxygène à chaque inspiration. J'en ai plus pour très longtemps.

Je reste recroquevillé, dissimulant mon allonge. Je comprends que je me fatigue pour rien quand Sven fait deux pas en avant pour me tendre la main.

— Comme des vieux copains, c'est un peu prématuré, mais je ne suis pas ton ennemi.

— Ça, c'est à moi d'en juger.

Tout en parlant, je lui serre la main. Au moment de la relâcher, je saisis l'extérieur de son poignet pour le tirer vers moi d'un coup sec et frapper. Il s'y attendait sûrement un peu, il pare sans mal mon coude gauche et ne perd pas l'équilibre. En revanche, mon bras droit passe simultanément au-dessus des siens et plonge sans obstacle vers son visage.

Je n'ai aucune chance de le coucher en un coup, encore moins dans cette position sans appui, donc je n'essaie même pas. J'enfonce les doigts le plus fort que je peux dans son orbite, en sortant les griffes. Comme je suis lent à la transformation et engourdis par l'argent, elles ne sont pas très acérées, mais s'il y a bien un endroit où tout le monde est vulnérable…

Un œil crevé, ça repousse, mais c'est pas instantané et pas peu dire que ça contrarie.

Sven jette la tête en arrière en pressant sa main sur son visage qui gicle de sang, je me lève dans l'élan. Près à… merde.

Je ne parviens pas à boire sa souffrance. Pourquoi ? Je suis pourtant certain qu'il le sent passer ! Il grogne un peu et se met en garde avec un soupir las. Il se reprend vite, putain. Sans une source de douleur, dans l'état dans lequel je me trouve, je ne vais pas tenir longtemps debout. En outre, je suis agacé par une seconde question.

Est-ce que ça vient vraiment du garou ?

Je n'ai pas aimé le molester. J'ai détesté ça au point de faire ronronner l'Avide. Je ne suis pas hermétique aux émotions, loin de là, mais l'empathie… n'est pas ma discipline de prédilection. Je suis pas du genre à regretter quand je cogne, non plus. Ni à hésiter.

En face, il fait ce que j'aurais fait et profite de l'aubaine. Il bondit sur mes pieds, les jambes en avant, m'emprisonnant la cheville et me faisant avec une facilité déconcertante. Il tord mon poignet dans mon dos et m'enserre la gorge de l'autre bras, me plaquant au sol de tout son poids. Je commence à me demander s'il ne s'est pas volontairement laissé atteindre, tant l'évidence de sa domination m'écrase. Son souffle gronde contre ma nuque, profond. Je m'attends à beaucoup de choses. Tentative de séduction, viol, passage à tabac brutal… il ne fait rien de tout cela.

En fait, il ne bouge pas du tout, se contentant de m'immobiliser, comme le jour où nous nous sommes rencontrés, et puis…

Je sursaute.

L'Avide comprend avant moi que les vannes sont ouvertes. Une vague de tourments, pure comme un suicide, pénètre mes veines. Malgré les muscles puissants qui s'enroulent autour de ma gorge, l'oxygène afflue dans mes poumons, l'énergie me fouette avec la violence d'une montée d'adrénaline. Le glouton exsangue ouvre les yeux, furieux, jouant des griffes sur mes nerfs à vif. Salut, l'ami ! L'obscurité nous ressuscite, impétueuse.

Sentant l'étreinte se desserrer, je m'arque brusquement pour m'y soustraire, mais Sven ne se laisse pas perturber par l'explosion de son menton et me tord plus encore le cou en continuant de m'alimenter de force.

— Putain, qu'est-ce que tu fous ?

— Je te sauve la vie. Nan ?

— Lâche-moi, bordel !

— Alors, tiens-toi tranquille.

— Je suis pas ta pute, connard. Lâche-moi !

Je ne m'attends pas à ce qu'il le fasse, pourtant il s'éloigne, sans même me frapper. Je me retourne immédiatement, mais n'attaque pas, stoppé par l'expression de dégoût qu'affiche le beau lycanthrope défiguré. Le flot qui m'a ranimé se tarit, d'un coup.

— Ce que je veux, c'est causer. Pour qui tu me prends ?

— J'te fais bander, admets-le.

— Ouais. Et quoi ? C'est pas la question, là.

— Pourquoi tu me réclames, si tu ne veux pas me baiser ?

— Parce que j'ai certains talents et que tu as besoin d'aide, abruti.

— J'ai besoin qu'on me foute la paix.

— Je sais que t'as un rapport particulier à la souffrance et que la magie qui te ronge ne disparaîtra pas. Tu ne veux rien raconter ? Très bien, ne raconte pas. Je m'en cogne. En revanche, si tu as des besoins particuliers, je ne vais pas pouvoir les deviner.

— Tu n'aimerais pas ça.

— Et alors ?

— Je ne veux pas que tu essaies de me guérir.

— Pourquoi ? Si je te dis que j'en ai les moyens, enfin, je sais de quoi je parle !

— Je veux ta parole.

— C'est absurde, je ne t'accueille pas pour te regarder dépérir.

— Je t'assure que je peux m'occuper de moi-même.

— Sérieusement ? On ne dirait pas.

— Ce sera pas forcément beau à voir.

— Écoutes… Quoi qu'on veuille toi et moi, les veilleurs te confineront à mon territoire pour treize lunes. Je ne pourrais pas te laisser vagabonder et il est hors de question que tu déchaînes cette merde sur mes amis. Tu ne veux pas que je t'aide ? Admettons. En échange, je veux ta parole que tu t'en prendras à moi, et uniquement à moi, si l'Avide prend le dessus ou que tu as besoin de le nourrir.

— J'ai jamais parlé de l'Avide.

— On s'en fout, je t'ai dit. Ta parole.

J'ai du mal à croire qu'il puisse passer au-dessus de ça et le cacher délibérément aux veilleurs, mais, bon sang ! Il s'adresse à moi dans la Langue et ne cille pas.

— Pourquoi tu leur dis pas ?

— Tu préfères que je leur en parle ?

— Putain non !

— Bien. Je ne pense pas que cela leur plaise, non plus. Moi, cette fantaisie ne me dérange pas, tant que tu sais te tenir.

— C'est parce que t'es immunisé ? Comment ?

— Hé. Si tu gardes ton secret, je garde le mien. Le jour où tu me permettras de t'aider, je te raconterai. D'ici là, chacun sa merde. Et chacun son pieu, aussi. Connard.

Plus il m'envoie sur les roses, plus j'ai envie de l'embrasser. Ma bouche s'ouvre toute seule pour faire glisser son odeur sur mon palais, le ventre douloureux, à m'en brûler la peau. J'ai beau me faire violence, mon sexe gonfle comme un hématome. Je grimace.

— T'es taré, pas vrai ? Je sais pas comment t'as fait pour qu'ils le voient pas, mais t'es encore plus barge que moi, avoue.

— C'est possible. C'est important ?

— Qu'est-ce que je dois faire pour qu'ils me lâchent ?

— Reste.

Cela ne répond que très moyennement à ma question. En revanche, la bienveillance que je lis sur son visage mutilé me tord les tripes. Il ne saigne déjà plus, mais il restera borgne jusqu'à sa prochaine transformation. J'ai presque honte. Je veux l'attraper, le serrer contre moi, tout lui prendre et tout lui permettre. Je veux qu'il m'aime. Le rembarrer m'arrache la gueule.

— Je veux pas que tu me touches si c'est pas pour me cogner. Je veux pas que tu me poses de questions, non plus.

— D'accord. En revanche, nous ne pourrons pas mentir aux veilleurs et ta tutelle ne sera levée que quand tu n'auras plus besoin de moi. Je n'ai aucun contrôle sur la durée de ce contrat.

Contrairement à William, Sven sait que je suis conscient de ce que je fais. Il sait ce que je suis. Aussi étrange et attirant soit-il, j'ai tout intérêt à saisir cette chance. Et à le garder à l'œil. Le tuer, même, serait plus raisonnable.

Après son offrande obscure, j'ai assez récupéré pour me relever et tendre la main sans trembler comme un faon.

— Alors dans treize lunes, on sera quitte. Je ne ferais de mal aux tiens que s'ils m'attaquent et je ne m'enfuirais pas.

Je ne suis pas préparé au sourire qui s'épanouit sur son visage quand il comprend que j'accepte sa proposition. Personne n'est content de me recevoir. Jamais. Lui, je l'envoie au diable et il rayonne de bonheur. Sa poignée de main est franche, malgré le coup tordu que je viens de lui faire. Le contact de sa peau m'électrise, j'abrège.

Sans s'offenser, Sven prend sa chope et me tend la mienne.

— Bienvenue, Kyle.

Nous trinquons et je n'en reviens toujours pas. Le garder à distance va me broyer. Peut-être que je vais me payer le luxe de survivre, finalement…

Tandis que des émotions contraires déchirent ma cage thoracique, l'Avide gazouille joyeusement.

Le spleen du blaireau

Paris, 1983

Musique à crever les tympans, ambiance enfumée et flippers aux clignotements multicolores, le California Dream est un bar, somme toute, très banal. La vitesse à laquelle les technologies humaines se diversifient et deviennent accessibles me laisse pensif. J'ai grandi avant l'ère de l'électricité : j'ai encore du mal à accepter qu'on puisse défaire la nuit ainsi, d'un claquement de doigts. J'ai les oreilles qui bourdonnent et les yeux brûlés par ces putains de lumières qui ne s'éteignent jamais. Les jeunes Parisiens qui viennent s'encanailler ici n'ont aucune conscience de l'opulence inconcevable dans laquelle ils vivent, cependant.

Que voulez-vous, ils sont nés dedans…

Quelques groupes et des célibataires prêts à conclure ont déjà investi le rade, mais on ne se marche pas sur les pieds. La soirée commence à peine. Je commande une bière et je regarde Sabine, de loin, pour ne pas interférer avec son petit numéro. Je n'ai pas tellement à craindre qu'on me grille en réalité : avec son comportement aguicheur à outrance, je suis pas le seul à mater ! D'autant plus qu'elle est l'unique cliente non accompagnée qui ait franchi la porte d'entrée, pour le moment…

Ce soir elle joue la jeune écervelée éméchée, un peu délinquante sur les bords. Elle a donné du volume à ses longs cheveux auburn et souligné ses yeux d'un trait noir qui fait ressortir leur couleur verte, qu'elle trouve trop fade. Si elle savait ! Elle porte une combinaison bleue de cette toile qu'ils appellent jean, ceinturée à la taille, qui rebondit diablement ses fesses… Elle s'est aussi chaussée de baskets, ces chaussures moelleuses aux teintes criardes et à l'odeur pestilentielle qu'affectionnent tant nos contemporains.

Si je traverse les époques avec un ensemble chemise/veste/pantalon/bottines qui n'évolue que sur des détails insignifiants, ma coéquipière s'amuse beaucoup des variations de mode vestimentaire. Plus encore depuis que la civilisation dominante a banalisé les modèles féminins offrant autant d'aisance de mouvement que ceux des hommes… Par sa nature de changeuse, elle est dotée d'une souplesse hors norme qu'elle apprécie peu d'entraver. Autrefois, elle était souvent obligée de se travestir pour agir librement.

Ce qui la faisait marrer aussi, en y repensant… Je ne sais pas si toutes les belettes lui ressemblent, mais Sabine est perpétuellement enthousiaste alors que je suis un incorrigible râleur.

Ce soir, elle doit s'arranger pour qu'un vampire au comportement suspect la drague et l'emmène avec lui. Nous voulons interroger le lascar et nous préférons en apprendre le plus possible sur ses petites habitudes avant qu'il ne comprenne que la Veille l'a dans le collimateur. Il s'agit probablement d'un jeune arrogant qui se croit au-dessus des lois… c'est assez courant, chez les suceurs de sang juvéniles. Tous les Alternatifs ont leurs coquetteries, les vampires, si immortels soient-ils, sont désespérément immatures.

Le Voile a été malmené ici, récemment, des rumeurs ont circulé chez les humains. Rien de méchant, mais nous n'attendrons pas que cela le soit. Au moins deux femmes ont quitté ce bar avec des souvenirs, certes plaisants, mais non conventionnels. Cela justifie une enquête de routine, selon Mémé, et Mémé a toujours raison. J'aurais bien pris ma soirée, mais Sabine et moi étions les veilleurs les plus proches et les mieux équipés « surnaturellement » pour cette mission. En tant que changeurs, nous sommes indétectables par les autres Alters, à moins d'émettre notre odeur double caractéristique. Ou de nous transformer en public, ce qui est aussi idiot que formellement interdit. Par ailleurs, les morts-vivants dégagent en permanence une fragrance bien particulière que nos nez de bêtes sensibles repèrent rapidement.

En attendant que notre cible se pointe, Sabine minaude autour du billard avec un groupe de jeunes en blousons de cuir, un peu rustres, hein, mais qui restent corrects. Je connais ma belette, elle place ses pions pour déclencher l'esprit de compétition du prédateur, qui ne manquera pas de la remarquer en arrivant.

Ah. Ma belette… Il faut que j'arrête de l'appeler comme ça, même si ça n'est que dans ma tête. Dans notre métier, l'attachement entre équipiers n'est pas vraiment recommandé. Pas de cette façon, en tout cas… La protection du Voile doit rester notre priorité absolue. La survie des Alternatifs est à ce prix. Notre survie à tous.

Il ne doit pas être levé, ou les Inexistants régleront notre sort.

J'ai rejoint la Veille assez jeune, peut-être trop… J'ai été transformé par une louve, mais la magie étant ce qu'elle est, je n'ai pas été doté du même passager que ma créatrice. Ce n'est pas courant, mais cela arrive, parfois, si une autre bête plus en accord se manifeste. En tant que changeur « inférieur », j'étais condamné au bas de l'échelle sociale au sein des clans, dirigés par les grands prédateurs. Seul, j'étais à la merci des Alters plus forts que moi, soit à peu près tous… Le meilleur moyen que j'ai trouvé d'échapper aux hiérarchies rigides et à une mort certaine, c'était de rejoindre les rangs des veilleurs.

Mon serment prononcé, j'ai rencontré Grand-Mère, la conscience que nous partageons et qui nous permet d'accéder aux connaissances, aux souvenirs archivés et aux pouvoirs de nos collègues, même défunts. Une plus-value vertigineuse pour un jeune changeur sans avenir. La contrepartie est simple : la Veille ne souffre aucune dissension. Celui qui trahit la cause ou souhaite quitter le bateau perd le contact avec Mémé, mais aussi tous les fragments de mémoire liés à ses années de service.

En général, il ne reste plus grand-chose.

Quand j'ai compris à quel point cela gouvernerait mon existence, il était trop tard. Aujourd'hui, je commence à douter. Non pas du bien-fondé de la Veille, je ne serais plus là pour en parler, non... Je commence à douter d'être capable de lui sacrifier Sabine. Elle ne me le demandera jamais, serait choquée que j'y songe seulement. Pourtant, j'en suis de plus en plus certain. De sa vie ou de notre mission... s'il se présente, je ferai le mauvais choix.

Enfin, ce ne sont que les élucubrations d'un homme-blaireau alcoolique, un peu pitoyable. D'autant plus quand on sait que l'organisme des changeurs ne leur permet pas d'atteindre l'ébriété. Je finis ma roteuse cul sec. La serveuse m'alpague.

— Tu prends autre chose ?

— La même. Merci.

Je lui souris comme un crétin et elle me retourne le regard blasé de celles qui voient baver des mecs en carafe toute la journée. Je m'en doutais un peu, on ne peut pas dire que j'ai un physique de tombeur : taille moyenne, corpulence moyenne, cheveux moyennement châtains, et puis des yeux marrons. Voilà. Le genre de type que personne ne remarque et qu'on oublie aussi vite qu'on l'a rencontré. Même mon prénom pue la banalité vieillotte. Bernard.

Je suis tout de même exceptionnellement bon pour certaines choses, dont on ne parle qu'entre initiés... Fouiner, par exemple. La petite brune à la moue charmante m'apporte ma pinte. J'ai déjà préparé la monnaie.

— J'vous paye une mousse ?

— Non merci, pas pendant le service.

— Il finit tard ?

— Quoi ?

— Vot' service, il finit tard ?

— Je ne sors pas avec les clients, désolée.

Jamais ou juste quand ils ne vous intéressent pas ?

— C'est la moustache ?

— Bin, t'es pas très branché, c'est vrai. Mais non, jamais, c'est un principe. Bonne soirée.

Elle s'en retourna à sa vaisselle sans plus m'accorder d'attention.

Un superpouvoir, je vous dis.

À contrepied, Sabine mène la danse dans l'arrière-salle. Elle fait le show, rit mélodieusement, rate les boules pour qu'on lui montre comment tenir la queue, fait la naïve quand elle en place une et que ses bonds de joie font gigoter ses seins hauts perchés… Elle est splendide, resplendissante.

Et strictement professionnelle.

C'est tout de même plaisant de savoir qu'elle remarquera le moindre geste de ma part. Que j'ai sa confiance, pleine et sans retenue. Je ne suis pas invisible, à ses yeux. Je suis celui qui assure ses arrières, celui qui l'empêche de foncer tête baissée, celui qui la remet sur pied après les coups durs. Elle est à mes côtés, tous les jours, rit à mes blagues vaseuses, me pardonne d'être grognon.

C'est bien plus que ce que partagent bien des amants, non ?

J'enquille ma bière. La serveuse au regard désapprobateur m'apporte des cacahouètes, instantanément.

— La même ?

— S'il vous plaît. Z'êtes certaine de ne pas en vouloir une ?

On peut jouer à ça toute la nuit.

Vers une heure du matin, une subtile odeur de charogne et de sucre chaud me libère enfin de cette boucle infernale. Le vampire vient d'entrer, seul. Toutes les têtes se sont tournent vers lui, je n'hésite donc pas à suivre le mouvement. Les humains ne reniflent pas sa nature, contrairement à moi, mais son charisme, lui, n'échappe à personne. J'interroge rapidement Mémé, ne trouve rien. Cet individu ne s'est jamais manifesté auprès de l'Ordre et n'a été vu durant aucune intervention officielle. Il n'apparaît dans les souvenirs d'aucun veilleur. Jusque-là, rien d'illégal et c'est assez courant pour un jeune sans histoire. C'est même, normalement, plutôt bon signe sur ses habitudes. Cependant, l'arrogance du bellâtre laisse à penser qu'il s'agit bien de notre fauteur de trouble.

Son pantalon haut de taille épouse son bassin étroit et exacerbe le V de sa silhouette, sa montre et ses chaussures hors de prix étalent sa prestance sociale, un blouson en jean délavé jeté sur une chemise noire ouverte de deux boutons et une mèche savamment rebelle décontractent l'ensemble. Il a tout l'air d'un gars qui veut qu'on se souvienne de lui.

Qu'il soit gaulé comme une statue grecque reconvertie dans le porno n'est que très commun pour un suceur de sang : ce sont des créatures dont l'existence repose sur le fait de charmer leurs victimes. Durant leur transformation, leur corps d'origine subit des changements importants afin de répondre au mieux à ce besoin : symétrie parfaite, corrections des aléas de croissance et des accidents de la vie, une peau plus lisse que la pierre et des yeux qui scintillent tels des joyaux quelle que soit leur couleur… Bref, tous les vampires sont beaux, d'autant plus que ces créatures superficielles ne s'attaquent généralement pas aux laiderons.

L'éphèbe fat qui prend tranquillement possession de lieux ne contrevient pas aux règles pour le moment, il est juste désespérément cabot. Le personnel le reconnaît, mais avec retenue, comme un habitué lambda. Presque trop... Je note alors qu'il hypnotise tout le monde sur son passage. Il n'est peut-être pas si jeune, finalement... Nous sommes bien une quarantaine là-dedans, un chien fou en rébellions ne serait pas parvenu à manipuler autant d'humains en même temps., D'ailleurs pourquoi prend-il la peine de le faire ? Au fur et à mesure de son avancée, les têtes se détournent de lui, on l'ignore.

Allons bon !

Je sens son pouvoir s'enrouler autour de mon esprit, noyant mon attention sans m'en accorder la moindre. Je plonge sagement le nez dans ma bibine. Une des raisons pour lesquels les Vampires détestent les changeurs, c'est que la bête avec laquelle nous partageons notre peau nous rend insensibles à leur manipulation mentale. L'humain galope, ça oui, mais le blaireau, lui, continue d'y voir clair. Je grignote mes cacahouètes en surveillant la cible d'une oreille. Le beau gosse commande un Long Island Iced Tea et un Sex On The Beach. Ah, on y vient.

Depuis le miroir de réclame pour une vodka imbuvable qui me fait face, je peux guetter derrière moi sans me retourner. Le prédateur se dirige vers Sabine, le plus naturellement du monde, dégainant un « c'est la première fois que je vous vois ici » bien rôdé à défaut d'être original. Le sourire qu'elle lui envoie aurait liquéfié un radiateur en fonte, mais il ne bafouille pas.

La serveuse consciencieuse revient à l'assaut. Malgré la foule qui se densifie, elle apparaît toujours en même temps que le fond de mon verre, celle-là. Je ne perds pas ma salive à l'inviter une fois de plus, j'ai d'autres morts-vivants à fouetter. La voix de ma coéquipière monte soudain dans les aigus alors que j'ai détourné les yeux, l'adrénaline me pique les orteils.

— …grossier personnage ! Tu m'as prise pour une…

Fausse alerte, elle est toujours dans son rôle. En revanche, elle envoie notre cible sur les roses… C'est pas du tout le plan, ça. Elle n'improvise jamais sans raison, mais je n'aime pas ça. Les gars éméchés qui pensaient être en lice et supportent assez mal d'être mis sur la touche en profitent pour revenir à la charge.

Merde, ils n'ont pas l'air hypnotisés !

Heureusement, le personnel et les autres clients ne bronchent pas, même quand une bouteille de bière est brisée au sol par un des loubards frustrés, que le vampire provoque sans vergogne. Je commence à soupçonner qu'on soit vraiment tombé sur un tordu. J'envoie l'info à Mémé, soumets à la ronde l'hypothèse d'avoir besoin de renforts. Ce gus, je le sens pas.

Évidemment, toute la pisse d'âne que j'ai ingérée, à défaut de m'enivrer, menace de me faire exploser la vessie au pire moment possible.

Les cinq zozos qui s'étaient improvisés profs de billard sont en train de monter en pression : ça va en venir aux mains. Sabine essaie de les calmer ; on l'insulte. Les humains ne sont pas de taille contre elle, mais ils ne le savent pas et regarder ces crétins la bousculer et renverser son cocktail collant de sucre dans son décolleté me fait bouillonner. Elle densifie le Voile pour qu'ils passent à autre chose, sans succès. Le vampire n'a pas l'intention de se laisser oublier, continue de les ridiculiser en évitant leurs attaques maladroites. Il ne transgresse pas encore les limites, mais il s'en rapproche dangereusement et avec une légèreté malsaine.

Je ne peux pas m'interposer sans aggraver la situation, mais si j'arrive à créer une diversion qui éloigne ces crétins… Un souffre-douleur facile à tabasser pour décharger leur frustration, ça pouvait convenir.

Le temps que je me décide à tomber de ma chaise en vociférant comme un ivrogne contre la jeunesse fainéante et impolie, les choses dégénèrent complètement. J'atterris avec un « plonc » sonore, qui se répercute dans mon bas ventre gonflé de larmes à cinq francs le litre, tandis qu'il envoie les cinq gamins échaudés au tapis.

Les deux plus proches rencontrent son pied droit au terme d'un large, mais foudroyant, coup de pied circulaire et s'écroulent aussi sec. L'un se tient le nez, l'autre, la mâchoire. Les trois suivants ne se précipitent que pour percuter des boules de billard volantes.

Peste !

Comme si la manipulation mentale, la régénération et la capacité à se rendre intangible ne suffisaient pas, les vampires développent des talents particuliers en prenant de l'âge. Celui-ci possède un des dons les plus redoutables qui soient. Putain de télékinésie. Il peut nous tailler en pièce sans même bouger le petit doigt. J'élève le niveau d'alerte.

Allez, Mémé, sors-nous de là !

J'ai toutes les peines du monde à faire celui qui ne voit rien et à jouer le pochtron. Heureusement, pour les observateurs innocents comme pour celui qui ne l'est pas, mes grommellements semblent dus à ma chute…

Mieux encore : la correction infligée aux petites frappes est musclée, mais non létale. Néanmoins, les yeux des gosses sortent de leurs orbites, autant de peur que de douleur. Autour, les gens dansent, boivent, rient en faisant des figures de fumée de cigarette. Un d'entre eux vient même me relever. Au moins, ni les clients ni le personnel n'ont rien remarqué. Les cinq témoins provoquent bel et bien une déchirure dans le Voile, mais l'emprise hypnotique du cadavre ambulant nous épargne le pire, pour le moment.

Je peux générer un bouclier pour protéger les humains et leur mobilier, mais pas m'en parer moi-même, et me trahir auprès de notre cible risque de la rendre incontrôlable dans un lieu très inadéquat. Sabine ne peut pas se défendre sans contrevenir aux règles, elle non plus, et je la connais. Elle ne le fera pas. J'espère encore qu'elle va décider de s'esquiver, cherche comment lui créer une occasion. On n'est pas de taille. On doit lâcher l'affaire.

Mémé nous transmet un message : elle envoie une seconde équipe. Des anciens, avec assez de bouteille pour gérer les cas complexes. Au moins une bonne nouvelle... Sabine cesse de jouer les terrorisées et s'ébahit peu à peu de l'impossible victoire de son chevalier servant avec un mélange de peur et d'admiration, servile. Il faut croire que c'était ce qu'il voulait entendre, il se met à lui susurrer à l'oreille et même mes sens de blaireau perdent ses mots, avec le vacarme ambiant.

Je scrute ma coéquipière dans le reflet torve. Ses dents parfaites scintillent comme une de ces boules à facettes, elle a repris les roucoulades… Et merde, elle va le suivre quand même ! Je le vois dans son langage corporel : elle est toujours en train de jouer.

J'essaie de me calmer en me répétant pourquoi nous sommes si souvent désignés pour les missions qui concernent les vampires. On est équipés pour leur faire face. Ils ne supportent pas le sang de changeur, ils ne peuvent pas se nourrir à nos veines sans s'empoisonner. En enduire une arme ou nos griffes nous permet de les contraindre au tangible, d'une simple coupure. Et puis, on est aussi plus résistants qu'il n'y paraît. Malgré tout, continuer la mission vaille que vaille… C'est bien du Sabine, tiens ! J'espère que les renforts ne tarderont pas trop.

Tandis que la serveuse m'annonce officiellement qu'elle ne me vendra pas un verre de plus, le vampire pose son bras autour des épaules de ma belette. Il hypnotise distraitement les loubards encore sonnés, qui se retournent les uns contre les autres. Cette fois, les videurs réagissent. Je n'ai aucune difficulté à me montrer odieux avec la petite brune paniquée qui veut que je rentre chez moi, maintenant. Je suis le seul à voir ce qui se trame derrière tout ce tumulte inutile.

Le chasseur a capturé sa proie.

En revanche, il vient d'agacer Mémé à nouveau en jouant avec les esprits humains au-delà de ses besoins. On sera bientôt autorisés à agir. Je me précipite derrière, les suis jusqu'à la ruelle, le pas lourd. Sitôt passé le coin, les yeux de prédateurs flamboyants captent mon regard vide. Je souris, connement en tripotant ma ceinture, déballe l'attirail, m'appuie sur le mur et pousse un soupir de soulagement des plus sincères en me répandant sur le bitume.

Aaaaahhh, ce que c'est bon…

Le liquide fumant jaillit d'un jet ininterrompu, je tangue un peu. Le vampire met quelques secondes à décider que je suis inoffensif, se retourne avec un commentaire désobligeant sur les losers. Moi aussi je t'aime, ma caille. Profite de tes instants de gloire.

Mémé attire mon attention sur une information qui vient de lui parvenir, de la part de Sabine. Francis est âgé de plusieurs siècles et il exige le consentement de ses victimes. Je le vois à travers les souvenirs de ma coéquipière, les yeux plissés de plaisir tandis qu'elle accepte de le suivre jusque chez lui, trop intriguée. Bordel, Sabine, on ferait mieux de déguerpir en attendant que la cavalerie débarque ! Mémé ne nous filera les pleins pouvoirs que si les choses dégénèrent complètement et je n'ai pas envie d'en arriver là…

Ils déambulent bras dessus, bras dessous dans les rues désertes et je n'entends que des bribes, contraint de demeurer à distance et à bon vent pour que Francis ne me repère pas. Je les perds souvent de vue, mais je peux me fier à mon odorat. Mon obsession pour Sabine me rend incroyablement apte à la suivre à la trace, je n'ai pas besoin de notre connexion de veilleurs pour savoir quelle direction prendre. J'espère toujours qu'elle va laisser tomber. Mon inquiétude est démesurée, selon Mémé, qui a l'habitude que j'exagère dès que la femme-belette s'expose.

Raaaa, je ne peux même pas bougonner, puisque je dois rester silencieux. Je suis à bout de nerfs quand le couple s'immobilise enfin, au pied d'un immeuble haussmannien de cinq étages dont le rez-de-chaussée commercial a été rénové en appartements de standing. Les barreaux massifs devant les fenêtres ne peuvent pas réellement m'arrêter, mais j'attirerais immanquablement l'attention en les tordant à la seule force de mes bras. L'idée d'être tenu à l'écart me donne des bouffées d'angoisse. Mémé me communique la confiance et la détermination de Sabine, que mon agitation ne fait pas renoncer. Nos volontés s'affrontent un instant, mais la Veille étant ce qu'elle est, la mission prévaut.

Je ne suis pas autorisé à interrompre le travail de mon équipière, si risqué soit-il.

En revanche, nous obtenons de quoi générer un périmètre de sécurité, maintenant que la cible s'immobilise. La répulsion féérique vient s'ajouter au Voile, nous assurant que les humains alentour passeront leur chemin. Je m'adosse au mur et bénis la finesse de mes sens en entendant la voix de Sabine, étouffée derrière les vitrages et les épais rideaux opaques.

Elle doit gagner du temps, coûte que coûte. Quand Francis comprendra qu'elle s'est foutue de lui, on sera salement dans la merde.

— Tu es toujours aussi direct ? J'ai du mal à déterminer si tu me vénères comme une déesse ou si tu me regardes comme une pièce de viande… c'est un peu déstabilisant.

— Je ne te plais pas, finalement ?

— Je ne serais pas ici si tu ne m'intéressais pas, voyons !

— Il a quelqu'un d'autre, je sens ce genre de choses.

— Je t'assure que non.

— Tu sais que j'entends quand tu es mal à l'aise ? Ton cœur bat différemment.

— Oh. C'est si évident, alors ? Hhhha, je suis démasquée. Qu'importe. Je suis amoureuse, depuis longtemps… mais je suis célibataire.

— Tu prétends qu'un homme est assez bête pour te laisser filer ?

— C'est vrai qu'il est un peu bête. Alors que toi... tu sais ce que tu veux, hein ? Et ces dons incroyables... On dirait... que tu n'as pas de limite.

— Nous avons tous nos limites, mais j'admets que je suis assez fort pour faire ce que bon me semble. Je peux te faire oublier cet homme.

— Peut-être bien... tu es exceptionnel, à tout point de vue, et lui c'est un blaireau. N'en parlons plus.

Est-ce que je peux me convaincre qu'elle a utilisé cette insulte au hasard ? Par mes moustaches ! Elle ne mentait pas... Alors que je me liquéfie sur place, le vampire contient sa colère.

— Oh, nous allons en parler tant qu'il ne te sortira pas de la tête ! Pour qui me prends-tu ? Je ne tolérerais pas d'être ton second choix !

— Tu me fais peur...

— Je ne t'obligerais jamais à rien, voyons. Ce serait beaucoup trop facile.

— Tu pourrais... tu pourrais vraiment faire cela ?

— Quoi donc ?

— M'obliger à oublier ?

— Évidemment. C'est ce que tu désires ?

— Non ! Non, ce serait… horrible.

— C'est indolore, je t'assure.

— Mais tout serait faux.

— Tu as raison, je te veux toute à moi.

— Tu me connais à peine.

— Tu me rends fou !

Les insupportables roucoulades se perdent dans un bourdonnement rythmé que je ne parviens pas à étouffer. Mon cœur bat la chamade, je n'y peux rien. Trop d'émotions contradictoires m'assaillent. Sabine serait amoureuse de moi ? Depuis longtemps… Je suis si heureux ! Et plus terrorisé que jamais. Frustré. Ravi. En colère. J'appelle mon passager ronchon à la rescousse.

Les blaireaux sont de grands philosophes de l'acceptation sous leurs airs d'éternels insatisfaits.

Le pragmatisme animal me ramène au présent, mais l'urgence me gifle. À l'intérieur, le ton monte et les bruits étouffés qui me parviennent me glacent le sang. Je n'ai aucun moyen d'enrayer l'escalade. Grâce à Mémé, je perçois ce qui se passe en temps réel, en revanche. Sabine panique. Elle craint que Francis ne s'échappe dans l'intangible d'un moment à l'autre en comprenant qu'elle n'est pas humaine.

Elle sait qu'elle va commettre l'irréparable. Je sens sa décision, à l'instant où elle choisit de s'entailler de ses griffes pour les plonger dans les bras de Francis, qui la serre contre lui avec autorité. Elle…

La réaction du vampire à la blessure incapacitante est immédiate et brutale. Ma belette est une redoutable lutteuse, mais elle est en trop mauvaise posture. Mémé ouvre les vannes, enfin. J'utilise souvent l'affinité minérale des gobelins : elle se prête à merveille à la destruction des bâtiments les plus solides. Je n'ai même pas besoin de cogner pour que la pierre s'effrite, mais je tabasse le mur comme un forcené. Sabine tente de se défendre en empruntant la télékinésie de nos alliés. Malheureusement, son adversaire joue sur son terrain. Le buffet s'ouvre avec fracas, le portes et les tiroirs volent. Elle les repousse, aperçoit in extremis l'éclat de l'argenterie derrière les planches de chêne. Elle dévie une fourchette, deux couteaux à poisson, puis une cuillère pénètre sa garde et s'enfonce sous ses côtes.

Je perds le contact.

Pendant une fraction de seconde, j'avance dans le noir, puis la pièce surgit devant moi. Malgré la poussière, la vue de Sabine qui tombe dans les bras de Francis s'imprime sur ma rétine, au fer rouge. Je vais réduire ce salopard en miettes ! J'en ai le droit désormais et ma fureur est armée par la Veille. Je fonce.

Je garde une partie de la roche collée à mes poings, et lui ordonne de former des arêtes saillantes. Mes crocs se pressent contre mes lèvres. Je vais saigner ce porc. Mon cri de rage pulse avec la puissance d'un rotor d'hélicoptère, tout devient flou autour de ma cible. Je ne vois plus que cette gorge sans pouls que je m'apprête à déchiqueter.

Puis, tout explose.

Aveuglé, je suis porté par mon élan et le nuage de débris me heurte alors que Sabine disparaît. J'utilise la pierre pour couvrir ce que je peux, ma tête, ma poitrine. Les éclats de bois, de carrelage et de murs me percutent en tous sens. Je suis à l'intérieur, mais je n'ai aucune idée des dégâts autour de moi. La douleur me transperce, puis Mémé pénètre mon esprit brutalement pour que je relaie ma coéquipière aux commandes de la télékinésie qui retient l'immeuble au-dessus de nous. Je lâche mes pouvoirs provisoires de gobelin et m'exécute, contraint de me replier.

Je galope comme un beau diable en tâchant d'ignorer mes blessures. J'ai pu éviter le pire parce que Francis paniquait et s'est montré peu précis, mais il m'a pas raté. Des débris ont atteint tout mon côté gauche, du mollet à l'épaule. Je suis parvenu à protéger ma tête et ma gorge, mais pas mes flancs.

À peine sorti de la pièce, par un trou beaucoup plus large que celui par lequel je suis entré, je m'écroule en suffoquant. La bulle générée par Sabine soutient les étages autant qu'elle isole l'appartement de l'extérieur. Comprenant que je suis désormais hors de portée, le vampire hurle de rage. Je ne le vois toujours pas derrière la murmuration de gravats qui danse à l'intérieur, mais j'entends sa voix s'éloigner, s'étouffer. Dans un dernier coup de tonnerre, la nuée mortelle tombe, d'un coup. La poussière descend lentement, révélant l'immeuble éventré, me volant le peu d'oxygène que l'arrête fichée entre mes côtes me permet encore d'aspirer.

Mémé force ma concentration, me focalise sur le soutien des fondations tandis que les humains que le fracas a réveillés commencent à paniquer. Je me traîne à l'abri des regards dans le salon dévasté, conscient que le Voile et la répulsion ne les tiendront pas à l'écart indéfiniment. Les points noirs qui dansent devant mes yeux ne m'empêchent pas de constater la triste réalité… Malgré notre intervention désespérée, les trois personnes qui habitaient au premier étage n'ont pas survécu.

Des fragments du gosse maculent ce qui fut sa chambre, au-dessus de ma tête.

Le petit avion suspendu à côté du plafonnier bascule de droite à gauche, comme un témoin agité du désastre qui vient d'avoir lieu. Je suis certain que Sabine est en vie, j'ai l'impression de sentir sa peine et sa résignation. Peut-être est-ce vraiment le cas… Nous avons souvent échangé nos venins au fil des années, pour nous soigner l'un l'autre. Dans mes veines, quelque part, il résonne.

Je dois m'occuper de mes blessures, mais je suis détaché. Engourdis. Mémé met du temps à m'engueuler, je l'entends en sourdine. Je n'arrive pas à me pencher pour atteindre mon mollet transpercé de part en part et criblé de verre, et le pied de chaise dans ma cuisse a manifestement touché une artère. Je perds trop de sang. Je décide de laisser tomber, appelle le blaireau à la rescousse, désespéré. Changer me donnera quelques minutes supplémentaires pour soutenir l'immeuble et permettre aux habitants de fuir avant que tout ne s'effondre.

On aura au moins sauvé ceux-là, ma belette.

Le vide grandit dans mon ventre, je m'accroche, je m'étiole. Je suis incapable de me tortiller hors de mes vêtements, personne ne me voit, mais je suis monstrueux, mi-homme, mi-bête, paralysé. D'autres veilleurs approchent, je le sens. Ils seront bientôt là, feront le nécessaire pour que nous n'ayons pas lutté en vain.

À la dérive, je promets à Sabine que je vais tenir, me laisse bercer par sa tristesse et son soulagement.

Des mains m'empoignent, me tordent, m'infligent de cuisantes extractions. Mon diaphragme tressaute à m'en écraser le cœur, puis un liquide ferreux à l'arrière-goût nauséabond me coule dans la gorge. Mes plaies se mettent à me démanger si fort que j'en regrette la douleur, mais je sais que cela ne durera pas. Le sang de vampire est un des remèdes les plus puissants qui soient. J'inverse la transformation, mes membres repoussent, se coincent dans mes frusques imbibées déjà bien déchirées.

J'ai l'air d'un SDF qu'on a jeté sous le métro, mais je suis guéri et les renforts sont là.

À ma gauche, j'aperçois un petit homme râblé aux cheveux roux poussiéreux, les paumes appuyées sur le mur. Ses vêtements sont si sales qu'on le croirait surgi des décombres. Il mastique des jurons sans discontinuer, mais en quelques minutes il a suffisamment solidifié la structure du bâtiment pour que l'immeuble tienne debout tout seul. Au-dessus de moi, son équipier tranche par son élégance, costume-veston surmonté d'un pardessus anthracite, pas une mèche rebelle, de longues mains délicates. Les yeux vert-de-gris de mon vieux mentor m'interrogent.

— William... Enfin ! J'veux dire, j'suis content de vous voir.

— Tu peux te lever ?

— Ouais, je pète le feu... Il faut qu'on sorte Sabine de là !

— Doucement... Nous devons évacuer les humains avant tout. La répulsion a bien fonctionné, mais nous avons besoin d'un périmètre de sécurité plus large pour lancer l'assaut. L'Ordre nous envoie une équipe qui va occuper les pompiers. Vous avez déniché un sacré numéro à ce que je vois...

L'expression du mage me met la boule au ventre. Il ne verbalise pas le fiasco auquel il assiste, mais je ne suis pas dupe. Vu la légèreté avec laquelle Francis sacrifie des innocents, nous ne ferons pas dans la dentelle.

William et Marc sont des légendes vivantes, dans la Brume. C'est auprès d'eux que je me suis rendu quand j'ai choisi d'embrasser la cause et de devenir veilleur. Ils m'ont tout appris. Le premier commande le vent, dispose des armes et de la résilience des plantes et se trouve être un mage de talent, ce qui compense son physique délicat. Le second, en tant qu'hybride de gobelin, est littéralement un homme de pierre. Le pouvoir que j'ai emprunté à Mémé est la base de son arsenal, mais il en a une maîtrise innée, d'une tout autre dimension. Ils sont déjà plus que redoutables sans les bénéfices offerts par la Veille, en fait. On ne joue clairement pas dans la même catégorie.

Pourtant, ils ne font pas les fiers devant le bâtiment haussmannien éventré. Tout a été arraché à l'intérieur d'une sphère dont Francis aurait été le centre. À nos pieds, la charpie de gravats indique l'endroit où il s'est enfoncé dans le sol. Incapable de se replier dans l'intangible pour passer à travers la terre, il a utilisé la télékinésie pour creuser tout en refermant derrière lui.

Comme nombre de ses semblables, le vieux vampire a choisi de s'aménager une crypte sans accès afin d'échapper aux vivants durant le jour. Grâce à Sabine, nous savons exactement où elle se trouve.

William englobe la scène de désolation avec la sérénité que je lui connais, amputée toutefois de son enthousiasme habituel.

— Par mes antennes, ce malotru se croit au moyen-âge ! Je vais aller occuper les secours, le temps que notre propre équipe se déploie. Cela ne devrait plus tarder. Vous, préparez le terrain.

Je dois arrêter de me faire des films, comme disent les jeunes. La vie de Sabine n'est pas la priorité. Notre mission est de neutraliser Francis. Nous ne pouvons pas nous permettre de laisser un détraqué pareil dans la nature. Quoi qu'il advienne, nous allons descendre dans les profondeurs déloger le mort-vivant. Je serre les dents en cherchant un moyen de résoudre l'équation tout en donnant une chance à ma belette. Ses blessures sont graves, mais, tant qu'elle respire encore, nos remèdes peuvent faire des miracles. J'étais moi-même à l'agonie cinq minutes auparavant.

Oui, mais je n'ai été touché que par du bois, du carrelage et de la roche. L'argent, c'est une autre affaire. Faut pas traîner.

D'un commun accord, nous concluons avec Marc qu'il est plus simple de contourner la trace de débris tassés laissée par le vampire. La terre autour est nettement plus meuble et disposée à nous aider. Avec un fouisseur de ma trempe accompagné d'un membre du peuple des pierres, il serait dommage de ne pas en profiter. Marc est un bourrin et je ne suis pas d'humeur à négocier. En bons vicelards, on décide d'attaquer par en dessous.

Il faut qu'on neutralise l'ennemi le plus vite possible. S'il ne voit rien venir, on peut limiter la casse. Mémé n'est pas complètement de mon côté, mais elle préfère garder les veilleurs en vie. Nos intérêts convergent, dans une certaine mesure. Si je me jette à corps perdu dans cet assaut, elle sait néanmoins que ce n'est pas pour elle. Je sens son regard pesant suivre mes pensées. Sa désapprobation me broie le crâne tandis que je regrette que William revienne avec un fouet d'immobilisation. Ouais. J'ai envie de buter le vampire, mais je ne serais autorisé à le faire qu'en dernier recours, s'il tente encore de s'échapper. Notre but est de le capturer vivant. Je fulmine, mais j'ai pas vraiment le choix.

Le mage me toise d'un air inquiet.

— Tu es certain de vouloir à participer à cette opération ?

— Ce sera peut-être la dernière, mais je vais descendre là-dessous, crois-moi ! J'ai jamais eu autant à cœur de faire mon boulot.

— Tu dois garder la tête froide. Nous ne pouvons pas laisser filer un individu aussi peu respectueux de nos règles fondamentales.

— Je sais et elle le sait. Il partira pas d'ici.

— Très bien. Je couvre la surface. Soyez prudents.

Il plonge les doigts dans le sol et déploie les racines qui lui permettront de suivre Francis et d'avoir un coup d'avance sur ses déplacements. William et Marc font pas semblant. On peut y arriver, j'ai confiance en eux. Je laisse le gobelin causer aux pierres, il a nettement plus de talent que moi. Je m'occupe de la télékinésie.

Je l'ai utilisée à l'occasion, mais je regrette que ce don ne me soit pas plus familier. Il est puissant, mais nécessite beaucoup de concentration. Ma mission principale consiste à contenir les réactions du vampire et je sais que je peinerais à dissocier deux actions différentes avec ce pouvoir. Ma stratégie repose uniquement sur des boucliers. Je ravale mes envies de meurtre. De toute façon, ce que je veux vraiment, c'est protéger la femme que j'aime et elle serait détruite si je le faisais en sacrifiant la cause.

Je sens Mémé approuver ma détermination et cela me galvanise. On y va, maintenant.

Marc creuse sans bouger, d'un simple contact avec ses pieds nus, comme s'il donnait à la terre la fluidité de l'eau. Le trop-plein s'écarte, remonte la paroi. Tandis qu'il étouffe soigneusement les vibrations générées, je fais trembler les débris un peu plus loin pour simuler un forage lent par le chemin le plus court. C'est rien de dire que je m'applique. Nous nous enfonçons dans le sol et l'obscurité nous engloutit. Je n'ai même pas besoin d'appeler le blaireau qui pointe ses moustaches, épaissit mes ongles et allonge mes canines.

Je suis dans mon élément.

Les yeux de Marc émettent une lueur étrange, d'un gris terne. Il nous dévie légèrement pour éviter les conduits sanitaires, mais nous progressons rapidement. Au bout d'une trentaine de mètres de descente à la verticale, nous marchons quelques pas en remontant en pente douce, puis il nous immobilise. La crypte est juste au-dessus de nos têtes. Le mi-gobelin prend quelques secondes pour sonder la roche, solidifier notre galerie. Il met une attention d'orfèvre à l'ouvrage et je lui en suis reconnaissant, derrière les mouches de tension qui me harcèlent. L'instant où nous entrerons sera décisif.

Si par malheur… Je n'ai pas le temps de me perdre en conjectures. Marc fend le plafond d'un large geste des bras et nous propulse vers le haut en faisant pousser le sol sous nos pieds. Je crée un vortex autour de nous pour empêcher Francis de nous réduire en lambeaux, envoyant valser les débris derrière nous. Nous surgissons comme des diables d'une boîte, exactement au bon endroit. Les deux corps nous tombent dessus.

On ne pouvait pas mieux viser… Mais je sens la tête de Sabine cogner mon épaule, et je sais que cela n'a plus la moindre importance.

À l'instant où la lumière des bougies a crevé le plafond, j'ai vu s'éteindre le regard vert qui donne une saveur à ma vie depuis près de cent cinquante ans. J'ai aussi vu Marc lever le poing, profitant de notre ascension pour lancer le fouet enchanté au plus vite. Pas assez, pourtant. Dans sa surprise, Francis a contracté sa télékinésie, par réflexe, avant d'être neutralisé. La cuillère d'argent a traversé ma belette jusqu'à la clavicule, détruisant tout sur son passage. Je la serre contre moi et projette ma fureur dans la poussière, à l'aveugle, qu'importe.

Mémé me prive de pouvoir, mais je n'en ai pas besoin. Marc comprend ce qui arrive, un instant trop tard. Il est plus solide que moi, il est aussi moins rapide. Quand son poing s'écrase sur ma tempe, j'ai déjà les griffes enfoncées dans la gorge du salopard. Je serre, de toutes mes putains de forces, et je tire en tordant, tout le corps agité de spasmes. Les gobelins cognent dur. J'évite le deuxième impact en me cramponnant à mon adversaire paralysé, qui m'asperge d'un flot d'hémoglobine rance, ce même sang qui guérit toutes les blessures. Je presse la nuque de Francis jusqu'à ma gueule hybridée. Je ne suis peut-être pas un super-prédateur, mais j'ai des crocs assez solides pour broyer une échine.

Le troisième coup m'atteint derrière le crâne et fait sonner toutes les cloches de l'enfer, je serre les dents tant que je peux. Ce qui cascade dans ma bouche réduit la commotion presque instantanément. Mes muscles tétanisent, mais je tiens bon, saisis la mâchoire de Francis par sa gorge ouverte et pousse tout en replongeant mes courtes griffes. Enfin, les vertèbres cèdent et le visage fendu s'écrase contre la roche avec des craquements de gravier humide. Je n'ai plus qu'à m'enfoncer dans sa cage thoracique pour lui broyer le cœur, à lui aussi.

Le poing de granit s'abat à nouveau, je ne l'évite pas. Qu'il me tue donc, maintenant. Je garde Sabine contre moi sous la cascade régénératrice qui s'écoule du corps de Francis. Je sais pourtant que cela est vain. Le remède ne fonctionne que sur les vivants. Il répare mes blessures, sans pitié. Les coups cessent.

— Bordel de merde, Bernard !

Le sol grouille, je sens qu'on me déplace, mais je ne peux pas bouger, pas même ouvrir les yeux. Je sanglote plus que je ne respire. La douleur me vrille, mais elle n'est pas seule à me déchirer l'âme. Mes pensées se disloquent, explosent aux quatre vents. Le sourire de ma belette m'échappe et je n'y peux rien. Je connaissais le prix, pas vrai ? Mes souvenirs brûlent.

Quelque chose cède et je reste hébété… vide.

Frrrrt Frrrrrt.

On me traîne… Mon dos frotte sur un sol dévasté, je sens le poids d'un corps entre mes bras. Le parfum sucré du sang d'une changeuse. Probablement une martre ou une fouine. Une voix bourrue me tonne dans les oreilles.

— Oaarfff… William, aide-moi.

On me hisse. De la lumière vient percuter mes paupières. L'air libre est nauséabond... Je ne reconnais rien autour de moi. Les points éblouissants qui crèvent l'obscurité, l'odeur puissante d'hydrocarbures, les vrombissements de machines qui font trembler la terre... Une part de moi trouve cela « normal », mais je n'y comprends rien... Je ne me rappelle pas comment je suis arrivé ici. J'ai quitté mon Clan et échappé de peu à une mort certaine en me présentant au bureau de Veille, pour rejoindre...

Un bruit de pas pressés interrompt mes pensées, un gentilhomme en pardessus s'accroupit aux côtés du type en guenille qui me secoue. Leurs visages affolés ne m'évoquent rien.

— Bernard ?

Ils savent qui je suis. J'ai peur de comprendre.

— J'ai... j'ai été veilleur, n'est-ce pas ?

— Oh non...

— Merde.

Les deux hommes sont affligés, leurs gestes sont intimes. L'un me serre l'épaule, l'autre a les larmes aux yeux.

— Mon ami... Je suis désolé...

Ouais. Pas autant que moi.

La femme dans mes bras a dû être incroyablement belle, mais… elle ne se réveillera pas. Ma main glisse en tremblant sur ses cheveux maculés de sang, ma poitrine se comprime en sentant son parfum, ma vue se brouille. Je sais que je la connais, que son venin parcourt mes veines.

Et je sais son nom m'échappera pour toujours.

Retrouvez Ron, Sven, Kyle, William, Marc, Carbon et Bernard au XXIème siècle dans Les Hurlements d'Automne !

Tome I

Ceux qui marchent dans la Brume

Lauramotingrave.com